U0662665

看世界本来的样子

大地记忆丛书

李松璋　黄恩鹏 主编

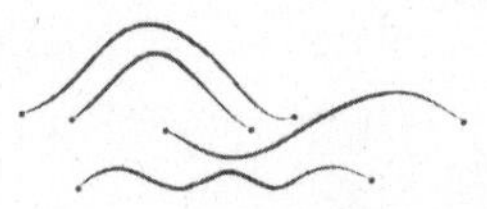

撒尼秘境

SANI MIJING

黄恩鹏 ———— 著

GUANGXI NORMAL UNIVERSITY PRESS

广西师范大学出版社

·桂林·

图书在版编目（CIP）数据

撒尼秘境 / 黄恩鹏著. —桂林：广西师范大学出版社，2019.11
（大地记忆丛书 / 李松璋，黄恩鹏主编）
ISBN 978-7-5598-2277-2

Ⅰ. ①撒… Ⅱ. ①黄… Ⅲ. ①纪实文学－中国－当代 Ⅳ. ①I25

中国版本图书馆 CIP 数据核字（2019）第 225161 号

广西师范大学出版社出版发行
（广西桂林市五里店路 9 号 邮政编码：541004
网址：http://www.bbtpress.com）
出版人：张艺兵
全国新华书店经销
广西民族印刷包装集团有限公司印刷
（南宁市高新区高新三路 1 号 邮政编码：530007）
开本：787 mm × 1 092 mm 1/32
印张：8.375 字数：153 千字
2019 年 11 月第 1 版 2019 年 11 月第 1 次印刷
定价：48.50 元

总序

非虚构写作：叙述世界的可能性

2015年的诺贝尔文学奖，颁给了白俄罗斯女作家斯维特拉娜·阿列克谢耶维奇。这个荣耀，是瑞典文学院对非虚构作家的高度肯定，也给“民间写作”以最大的鼓励。阿列克谢耶维奇站在民间立场，写在“国家利益”驱动下的诸多个人命运。她采录的是受历史大事件影响的底层“小人物”的声音，倾听他们的“说法”，体验底层社会难以平复的生命苦难。由此，在中国兴起不久的“非虚构写作”，被重新认知。

何谓“非虚构写作”？广义上说，以现实元素为背景、真实反映现实的写作，即非虚构写作。它首先被西方文学界重视，且完全是独立的、忠实内心的、不服膺外来因素的写作，是不受干预和遮蔽的民间写作。

非虚构写作，不是写实散文，也不是游记，而是民间叙事文本，是反映现实的“见证文学”；不是集体的写作行为，而是作家个体的写作行为；不是冷眼旁观，而是参与其中。体验和验证，是社会的实证主义（个体的经验主义）驱动下的一种写作，也可以是对社会大环境下底层的人文生态、农业生态和自然生态的田野调查。本质上说，非虚构写作是拓展了“向下”的写作。它让“民间的”视野宽阔且有纵深度。

非虚构写作，关涉人文地理和社会科学的认识论和方法论。也由此带来了写作的难度：一是准确无误的信源。作家所需的，是一张精细的地图和一块精准的罗盘，进行缜密独到的研究。操作态度必须一丝不苟。二是不能添枝加叶。它的真实性在于呈现事件本身，否决主观臆断，否决编造与虚构。像小说般编排故事、像戏剧那样设置悬念，都要不得。在资讯快速传播的世界文化大环境里，写作者要有谦逊的文化品格和巧妙的文本策略。三是囊括所有。与文本内容关联的历史、自然、人文及细微生活呈现，都可以为文本写作服务。

这三个难度，考验作家的水准，检验作家的耐性，挑战作家的能力。不能有离奇，不能有编造，不能像PS图片那样，随意增添什么去掉什么，让原有的色彩失真，让原有的图像变形、模糊。杜绝设置个人意志主导的荒诞，但不能拒绝现实或历史存在的荒诞。当然亦不能否认特定的地理情境下出现的一些非同寻常的现象。好在非虚构文学不以情节取胜，它要的是真实记录。非虚构与虚构的区别，在于具体的操作。小说家以假设和真实掺杂，揭示人类的处境和命运的问题；非虚构作家是用事实告知人们“问题”的存在，通过写实，让我们认知、对证，消除疑虑。非虚构写作是“还原”世界的“观察笔记”。

为达到效果，作家需要取消片面性的主体认知。花些时间，迈出步子，深入实地，不厌其烦地去挖掘原始事件，或是陈年旧事，或是历史典藏，或是正在进行时的社会和个体事件，把故事的碎片，拼接成一块完整有序的图谱，厘清规则或不规则的脉络。复活记忆，复原意识，让心灵方向和智性写实找到一个理想的出口，引人入胜，将读者带进一种奇异的、令人难以抵达的神秘地带。

普林斯顿大学新闻学教授、美国著名非虚构作家约翰·麦克菲（John McPhee）认为：非虚构作家是通过真实的人物和真实的地点与读者沟通。如果那些人物有所发言，你就写下他们说了什么，而不是作者决定让他们说什么。你不能进入他们的头脑代替他们思考，你不能采访死人。对于不能做的事情，你可以列下一张长长的清单。而那些在这份“清单”上偷工减料的作家，则是仗着那些严格执行这份清单的作家的信誉，在“搭便车”。

非虚构作家是行走作家，但行走作家不一定是非虚构作家。非虚构作家以亲历的写作，比闭门造车、虚构编撰的作家更应该受到尊重。或许，契诃夫的《萨哈林旅行记》是较早的非虚构作品。而爱默生、梭罗、约翰·巴勒斯、巴斯顿等自然主义作家，亦是这方面的先行者。他们以自然为师，以时代为镜，以真实笔录记载自然天地大境，提纯思想要义。文本呈现的是自然乡土对人类情感的培育、人类自觉的心灵在天地间弥漫的道德感。它与利奥波德“生态道德观”和约翰·缪尔“自然中心论”之理念相符合。

主体审美视域，离不开外部世界的浸染。作为非虚构写作者，必须尊重客观事实，不能有所顾忌和惶惧。比如：社会恶性发展对人类精神和情感的破坏；世界观的偏离对人类伦理道德的冲击；大环境下的经济竞争带来的非常规手段的博弈；大众化民生本态与小众化生存状态之差异等。在田野的探研和调查过程中，民生环境、人文历史，都将活脱于文本。自由的素材，忠实的经验，直抵时代的痛处。以独特的语境，“敞开”许多被历史和现实“遮蔽”的东西。

作家是自然生态与人文生态的关怀者、监督人，是社会变革的体验家。但有时候，作家的行为体验，会带来道德困窘。面对休养生息的民生，是否影响了其本态的生活？叙事与析理，全景式的呈现，又会不会陷入迷惘？心境的外在延伸，又必然要展示它的客观性——格雷安·葛林式的抵达之境，列维－斯特劳斯式的抵达之思，约翰·贝伦特的抵达之梦，奈保尔式的抵达之谜等。超越“本我”局限，注重“原象文本”，是非虚构写作意义的真髓。

当然，我们不是为了苛求意义本身，而是注重大大小小的生活场景所反映的真实的民生本态。它不是写意画，它是精雕细描的工笔。小生活也是大生活，小场景的现实故事即是大场景的历史。一个脚印，就是一行文字；一个身影，就是一个段落。

因此，“大地记忆”非虚构作品，以主体写作与大地文本联系为主旨，亲历边缘，为社会记录田野调查式的生存之相。精确和准确，细致和缜密，都应该毫不含糊。

这套书由作家担任主编，也是因为作家对作家的熟悉、了解，有针对性约稿、有针对性选题，关注那些不被关注的地域和群体。所选作家，都是有着多年丰富民间写作经验的作家和注重田野调查的人类学者。由此，编辑这套书的深意就不言而喻了。即为了留住此时代与彼时代的记忆，让文本有效地成为岁月变化的证词。这些作家在珍贵的调研中，以沉静的讲述，将秘密解蔽、敞开、呈现，真实道出了一个客观的、具体的、不加伪饰的、被无数理念改变了的大地状态，记录下人们共同的记忆、一切可能的集体印象的存在。我们应该感谢这些作家以辛勤的脚力和心力，写出他们生命中的重要作品，为我们捞回正在消逝的民生本来的存在。

这是对“记忆之死”的抢救，亦是对“国民记忆”的抢救。

这就是我们所认知的非虚构文本最重要的写作价值和存在价值。

目录

第一章　约见阿诗玛　1

第二章　阿黑的歌，阿诗玛的谣　22

第三章　花香闪亮的岁月　49

第四章　以神为邻的山村　67

第五章　鱼的脚印　89

第六章　谁的梦被风轻轻叫醒　111

第七章　绕山一周　130

第八章　我还没准备好花就开了　151

第九章　灵魂的形状就是山水的形状　173

第十章　山水神迹　196

第十一章　舒筋活血的药　213

第十二章　撒尼秘境　229

后　记

“村寨”能保持多久　252

第一章 约见阿诗玛

到达丘北县城已是傍晚。再坐中巴，从县城到双龙营镇与八道哨乡的交叉路口，又是一个小时。天色开始阴沉，瞬间小雨纷扬，继而又大了起来。路两边的湖泊闪着光泽，有如风中一块块飘荡的轻纱。我在路口下车，阿蜜诺的弟弟来接我。一路所见，尽是彝族的土坯房，土墙，瓦檐，屋脊悬立的葫芦图腾雕塑大小不一，朦胧天色中，显得神秘冷清。这是白脸村，离路口最近的村子，也是葆有乡村最古老房子的村子。这些房子就在山根下、湖水边。山水近居，古代中国画中常常出现的意境，在这里能抬眼望见。它所体现的是建筑美学精华，也是建筑学家难得看到的存在。这种建筑无论多么破败，却架构合理。它的内部所用木料，不用一根金属钉子，只用木框架构筑，楔入榫接。外墙的土坯，是以软泥与发酵的糯米黏连，墩实得密不透风，加之干打垒，风吹日晒，已然坚固。

多年前我在玉溪抚仙湖、新平嘎洒镇以及滇西北怒江等地见到过这种老房子。前些年去的泸西县城子古村，那里更是有大片土掌房，是云南省保存相对完好、有着老式房屋风貌的彝族老寨。

这些民间建筑，别的地方很少看到了，甚至绝迹了。特别是蓝的湖水与土黄民居搭配，最能得到画家的喜爱，也是建筑学家愿意停留的地方。现在的一些城镇将乡村房子的墙面贴上白瓷砖，不仅破坏了传统建筑，也把原有的古朴丢失殆尽。不过，也不能总是以过去的生活模式要求他们，改变是必然的。但是，可不可以用烧制的青砖青瓦替代瓷砖？丘北县城与我老家的县城感觉有些类似。其实我对老家的县城及周边也不太熟悉，我年少时就匆匆离开了家乡到部队当兵，一走就是30多年。

我再次来到这块“类似”之地，思绪起伏，竟有几分伤感：如果我在故乡，对眼下的改变，也是一样的茫然。一如我在这个县城里谁也不认识。我是一个漂泊了多年的游子啊，离家这么久，早被故乡抛弃。寂静安宁，从不曾真正有过；孤独怅惘，却时时存在。现在，当我再次来到文山州的丘北县城，所感受最多的，是中国城区仍未褪去喧嚣和狂躁。这种感受，有如一个失去了的心仪已久的物件，再次见到，仍是虫洞累累的悽惨。

我还是要到乡下，县城一刻也不想久留。现在，雨声拉长了我的思念。事实上，丘北的雨季并没到来，冬天下雨，也是极少。云南也有“下雨即是冬”的说法。我来这天正好下雨，天气潮湿阴冷。这一地区的气候总体属于中亚热带高原季风气候，立体多变。有南亚热带、中亚热带、北亚热带、南温带4个气候类型，年平均气温13.2～19.7℃，年平均降雨量1000～1270毫米。可以说，丘北这个地区气温差异不大，比较适合居住。

阿蜜诺的家我来过多次，都是在丘北县城换车，然后到她家所居的乡镇，再转车到寨子里。那时的丘北县城虽不喧嚣，却是破破烂烂，街道狭窄。多年之前，这个县城以往的街道还是以老格局建设的，即便现在有了许多新建筑，也是从老房子中拔地而起。这属于见缝插针似的城区建设规划格局，缺少的是科学规划，显得拥挤不堪。县城的周边，则是相对宽松了不少，县城有向周边拓展的趋势，还可能继续蔓延下去。这次来到县城，见到与城接壤的道路修了，城区向外扩张，楼房也干净了许多。但是，城里仅仅拆除了一些建筑，向外扩了一些，并无多大改观。至于一些少见的高楼，是这些年新规划的楼盘。

阿蜜诺的弟弟把我带到家里，天已大黑。雨变得小了，飘曳细线儿。收拾停当，吃了阿蜜诺母亲做的面条，身上暖和许多。我在露台徘徊。一种久违了的草木清香，从山峦湖畔飘来。嗅着被雨水浸润得清凉的气息，看着面前黑黝黝的山峦，顿有种幽梦未醒之感。山的肃穆，湖的静谧，与刚刚还是喧闹的县城相比，简直像两个世界。山村的四周，宁静得连呼吸都能听见。回房打开窗子，微风掀动窗纱。有老牛的铃铛从谁家的棚子里传来，偶伴几声鸟儿的呢喃和窝里老鸡的咕哝，让我突然有生命时空的穿越感，好似回到了多年前。现在，我恍若草木，从内向外，从肌肤到内心，都被清风触碰、抚摸、吹拂。来到这里，方知我的城市生活是在一种禁锢状态下的苟活。用一句严重的话说，我不如草木，我是不自由的。自由，只有在记忆中能找得到，它如同呼吸清凉般的随意，而非笼罩雾霾扼杀人们自由的污浊。我像草木随风起伏，随水光波闪。那些记忆，似就发生在昨天。

半睡半醒之间，我想着这个并不为多少人所知的村子。楠密，还是喃蜜？我将这四个同音字拆解开来，细细琢磨。从字义上读，美不可言；从音韵上听，柔情似蜜。但我确实不知此地之统称叫“楠密”还是“喃蜜”。多年之前，许是冥冥中的安排，一下子就住到了阿蜜诺家。我无法说清我与这户纯朴实在的撒尼人家的缘分，真是一次奇妙之旅……

普者黑仙人洞村是彝族的分支撒尼人居住地，全村74户人家780余人，全是撒尼人，他们自称是“撒尼拨”。400多年前，族群是从石林县境内逃难、迁徙到丘北定居的。后来我考证了有关阿诗玛的故事，准确说，阿诗玛是从丘北往石林方向逃婚，也即是从南向北逃婚。而我也在这个最易生发爱情的普者黑撒尼人的村庄，遇到了一段梦境般的恋情。

想起第一次来村寨，这里仅有几户人家开了农家乐。我和老驴们一起误打误撞地进入了这个村子。老驴让我来决定住处。我对的士司机说，我要找个临近湖水或是山根下的人家住，以便体验更多的寂静。当然我不会找临近路口的，那些地方过往的人车较多。我让的士司机慢点儿开，好仔细看看哪家更合适。再走就要出村子了，这个小村子并不大。司机说。我看见已是最里边的山根了。我让司机折返慢行。突然发现临湖一家小院子里有一位身材丰满的长发姑娘和她的母亲在井边洗衣服，姑娘正往洗衣绳上晾衣服，她的母亲身穿蓝衣红花彝装，头戴船形彝族妇女的无檐圆帽，下身穿黑裤。母女两个站一起。我对司机说就住这家吧。司机便把车子开进了这家。母女俩见有人来，停下了手里的活计，迎了上来，帮我们拿包。

姑娘问是谁介绍来住的。我对姑娘说，无人介绍，看见你在院子里就进来了。这个回答连我也感到吃惊，看似玩笑却又真是这样。姑娘并未感到我的回答调皮，笑得灿烂。这个季节，客人不多。有客来，自然热情。眼前这个撒尼姑娘，有如画册或版画剪纸的少数民族女性形象：圆脸，大眼睛，细眉毛，小鼻子。她若是穿着撒尼人服装，更好看。我想起了阿诗玛，而且这里就是阿诗玛的故乡啊。阿诗玛是彝族之撒尼人。彝族撒尼人长诗《阿诗玛》这样描述阿诗玛姑娘的外表美：

美丽阿诗玛，
包头红艳艳，
脸白像月亮，
耳环闪金光，
腰系花围腰，
脚穿绣花鞋，
一条条绣花，
看得眼发花。
没有一点不好看，
没有一处不好瞧。

我对姑娘说，你就是阿诗玛。姑娘笑得羞涩，说我不是阿诗玛，我叫阿蜜诺。阿蜜诺问我是不是从北京来的。她说你的声音和宋英杰差不多啊。这回轮到我不好意思了。我说人家的普通话才叫标准。我问姑娘是否还在念书，阿蜜诺说她在文山州歌舞团工作，是舞蹈队长，还去过北京参加全国少数民族巡演呢。省里组织的，文山州去了100多个演员，获了奖，还受到国家宣传部门领导接见了呢，真看不出，小山村有凤凰啊。

阿蜜诺家客房是两层小楼。阿蜜诺给我找来一个大木盆，又从井里提了两桶水，我把脏了的背囊拆卸放在盆子里浸泡。姑娘提水的姿态很迷人，完全是一个乡村女子姿态。我到饭厅，看墙上挂着阿蜜诺的照片。有田野湖畔风景照，有昆明城市照，有她穿撒尼服装演出照，等等。阿蜜诺家的大黑狗很热情，在我腿边蹭来蹭去，我们很快成了朋友。大黑陪我到湖边照相。湖边有块菜地，阿蜜诺的父亲正在用湖里的水浇菜。阿蜜诺见我笨拙地洗涮背囊，就找来了洗衣粉和刷子，蹲在竹林下帮我。一会儿就刷洗完了。挂在晾衣绳上，湿水的背囊太重，衣绳松懈坠地，阿蜜诺便把背囊挂在一棵桃树上。她的细致让我感动。厨房里，她母亲忙活开了：杀鸡、宰鱼、切腊肉、洗菜。不到一个小时菜就弄好了。六个菜，全是大碗盛装。我和两位驴友一顿大吃，身上的疲累也卸去了好多。

进入村子，我闻到身边的竹篁、野蒿、松树、青麦、油菜和芥菜散放本然的味息。还有一些味息来自湖边，湖水推涌波浪，将水里的气息翻涌出来，让我再次想起了少年时在故乡河边玩耍的情形。草地和山林共有的味息，令人迷醉，它默默为我打开了记忆，提醒我不能忘记往事。而我又天真地寻找那些逝去了的回忆。那是一些珍贵的、不可多得的梦境，却只能藏在心底，不能拿到现实生活中来。我在阿蜜诺家的屋前屋后转悠。短短的下午时光，我大致了解了这户人家的周边环境。之后的岁月里，我借此景状无数次怀想：如果我在这个临湖而居的小院子，一定要这样的那样的。比如，要在水边筑个小房子，能看到湖水在脚下涌来荡去，以及长在湖畔的杂草、一丛芦苇等。也能观赏到湖畔游动的小鱼儿，追逐鱼虾的鸥鸟、鹭鸶，远近来往的小舟、竹筏子，掠过天空和湖面的朵朵白云……

我把窗户打开，让清风吹进来。在这融融的夜晚，不时听见鸟儿的鸣啼和虫子的叽嘱，是从湖畔草丛或竹林传来的。仿佛世界让位给了它们。它们居住在这里，听流变的天地，看幻变的时空。鸟儿和虫儿的叫声如此动听，连我这样一个粗壮汉子都为之感动。这细小的啼鸣，让天地变得简单起来。我躺在床上，感受沾着草木清香的鸣籁，想象着充满了躁烈和欲望的人间世界，与鸟虫草木世界的差别。一些天籁，离不开黑夜的静谧。这些来自山野的鸟虫和清风的声音，能在我内心产生清新的憧想——这需要多么深的修为啊。如果没有能产生回应的心灵深度，也绝不会听出生命的调子来。它没有铜臭味儿，也没有政治色彩。它只有明净的睿智，让灰暗的云朵变成烛照内心的火焰。“当你如此清澈地，如神的目光，淌过银河。我熟悉你，可是泪水涌出双眼。”荷尔德林这样吟道。它谦卑、高贵，却能给我以精神的餍足，让我看到蓝天为白云奉献的襟怀、山河为草木奉献的博爱。有时候我也这样想：萤火虫是为了黑暗而存在的，它是心灵的喻示、是微小的神灵，在最卑微和最低洼的地方，让仅存的一点点生命精神，散放出最大的光亮。而一旦遭遇强光，它便黯淡失色。

阿蜜诺身上透出一种乡村美人的野性，又不乏高贵的仪态。她像阿诗玛，又不是阿诗玛。她就是阿蜜诺。我第二次来村子时，曾参加一次婚礼，见到几位身着鲜艳彝装的高大妇女，她们体态丰满、光彩照人。头戴彝帽，上身短制小袄，下身长裙曳地，犹如中世纪欧洲妇女装束。让我顿觉得时空错位——这样仪态万端的妇女，却止步于城市的边缘，在乡村绽放着奇花般的魅力。而城市，则是被如我一般的一些急功近利、只不过换了身衣服的乡巴佬大量充斥着。我在阿蜜诺身上看到了一种高贵气质。这种气质是我等“城里人”无法企及的。她的贵气让我无法直视。

村寨水景

我开始对这个有着阿诗玛传说的村子感兴趣了，现今像这样的村子已然不多。它的本态，它的静美，是我不曾想到的。我甚至想，如果能放下城里的一切，来这个山清水美的地方休养生息，倒也是一个不错的人生选择。也能享用新鲜空气和有机食品，何乐不为？问题是我有没有胆量来这里。这个问题当时我认真思考过。阿蜜诺后来也问过我。但仍有许多顾虑。这其实正是我的蠢人的精明逻辑所致。

午夜时分，天空悄然阴郁，乌云遮住了星月。隐隐的雷声在天边绵延荡起，下了一阵子小雨。湖里有沙沙的雨声。我还听见了树上鸟儿到檐下躲避雨水的几声呢喃。

我在后来的查阅中，获得如下有关丘北的地理及历史资料——

丘北地处滇东南岩溶山原丘陵地带，地势西南高，东北低，六诏山支系大总山纵横全境。境内最高海拔的羊雄山顶峰是2501.8米，最低海拔的弄位村是782米。主要河流有南盘江、六郎洞河、夸墨河、拖底河、官寨河、补挡河、清水江、南丘河、清水河、清平河、石葵河、盘龙河（马恒地段），分属珠江流域西江水系和红河流域泸江水系。丘北地区的风光秀丽，岩洞、山林与水系相生。有凤尾洞、猴爬岩大峡谷、十八里原始森林、清水江、小桥明烟、水围寺、文笔山森林公园、彩云观、六郎洞、半边寺和古驿道、铁索桥、冲头云海、天坑、歹马瀑布、歹马古榕等。这些景点，有如一把棋子，散落在群山之中，隐在众水之畔。丘北县辖3个镇、9个乡（其中5个民族乡）：锦屏镇、曰者镇、双龙营镇，八道哨彝族乡、天星乡、平寨乡、树皮彝族乡、腻脚彝族乡、新店彝族乡、舍得彝族乡、官寨乡、温浏乡等。丘北县在春秋战国时属楚地，秦属进桑、句町部族区域。汉武帝元鼎六年（前111年）属群舸郡，蜀汉、晋隶兴古郡。唐武德七年（624年）属郎州，天宝七载（748年）属南诏拓东节度。宋大理国时期属维摩部，元至元七年（1270年）属阿宁万户府隶广西路。明隶广西府维摩州。清康熙八年（1669年）隶师宗州，雍正九年（1731年）设师宗州同驻丘北，乾隆三十五年（1770年）降师宗州同知为丘北县丞，道光二十年（1840年）升丘北县为正县，隶广西直隶州。民国二年（1913年）隶蒙自道，后废，又直隶云南省都督府。民国三十一年（1942年）隶第二行政督察专员公署，民国三十五年（1946年）隶第四行政督察专员公署……

我在这个彝族之撒尼人的居住地，品嚼民族文明带来的些许憧憬或想象。彝族是逐水而居的民族，也由水而产生许多的民间故事，都十分动人。水是生存的衣钵，更是能带来财富的象征。土地保存得如何，就要看水的资源保存得如何。水旺则土地旺，土地旺则人脉旺。在彝族地区，族的兴旺，尤其重要。只有人丁兴旺，才能给家族带来生生不息的财富。彝族的男女都很强壮，我能想象这些强壮的人在田野耕种湖水里打鱼的情景。那些农耕火种的原始镜像，是现代任何试图演绎的戏剧所无法复制或再现的。

我脑子里全都是阿蜜诺的身姿、话语、脸颊和憨朴的笑。我想着那次她洗衣服用力拧着衣服，累得涨红了的脸和脸上沁出的细密汗水，想着她代我喝酒不惧任何人的泼辣和狂放劲儿。而从酒桌下来，她又变成了一个文静稳重而又不失活脱的姑娘。在她身上，既有山村女孩的健康丰润，也有诸多年轻女孩的雅致多情，都值得品味。阿蜜诺就是阿诗玛。这是我的梦境。恍若岁月的轮回，我似看到故事里的阿诗玛的面容。就在这令我心醉的、有着古诗山水意境、为数不多的小山村里。是的，这是让我难忘的诞生女神阿诗玛的小山村啊。

一夜风雨将大地清洗干净。路面、湖畔、圆形的山顶和平坦的田野，因为雨水的滋润而闪闪发光。山脚下的树林，愈加葱郁。突然想起是谁说过“山丘和树林是上帝的第一圣殿”。果然如此。我感到是雨水打开了圣殿之门，那清新的色调、赫然可见细草与树芽儿的生成过程，就在眼前出现，让我更确信这句话的意蕴。我无法再找到能替代它的“神圣”的词汇。我踏落草叶上的雨水，站在湖边，踌躇要不要划船游玩。阿蜜诺忽然叫住了我。她对我说，若是我想划船，她愿意替我，因为她认为我从城市来，定然不会划，弄不好船会翻进湖里。我听她这样说，心想，我再笨也不可能翻船啊。她说这座湖有些地方深达三五米。还有，湖里的水草有时也会缠住水桨，人一慌，也会落湖。她说得认真，我也就不敢划了。她说她愿意领我在村子里转转。我便跟着她在村子里转悠。村路上有许多牛粪，阿蜜诺提醒我注意别踩着了。她把我领到了村子最西边的商业开发区，这里已经开发了许多农家乐，有的院子相当大，竹子成片。与之毗邻的，还有一些现代化的小楼别墅，红瓦顶红墙砖房子，外面有铁门，无法看到里面。估计是有钱人居住的。这些人也真会找地方。这些别墅，若是在北京城郊，绝对要几百万甚至上千万了。从墙外的巨大榕树、橡皮树和小片竹篁，可知此处非同一般。想不到一个小小村子，竟然还有这样的居住环境。我在青岛八大关见过这样的小楼，在大连黑石礁见过这种别墅，幽静、气派。小路曲折，通向湖边，再绕回山根。面前一湖碧水清澈透亮，荡漾脚下。再向前走，还能看到小块稻田以及与稻田接壤的湖泊。这条小路高出了湖面，一些路基用粗大的毛竹垫入、填以泥土砂石，再以草墩加固，使之形成坚硬的路面。我和阿蜜诺沿着这样的山道儿边走边聊。偶遇土房子，她就会站下，告诉我这是多少年的老房子，让我拍摄。这些

阳光把村寨洗亮

土房子有的还能居住，有的摇摇欲倾已经废弃了。

阿蜜诺领我到竹林深处看撒尼人作为图腾的石雕山神。

这些山神，她略知一二。我说，不用她说我也能猜出这些“山神”的由来。她睁大眼睛，好奇地看我。阿蜜诺今天穿一件黑色毛衣，蓝色牛仔裤，显得身材苗条。阳光静好，湖光明亮。约翰·缪尔说：“你要让阳光洒在心上而非身上，溪流穿躯而过，而非从旁流过。”我体味着缪尔的话，听阳光流淌，听清澈的湖水灌进身体顺着血管畅流。那声音让全身上下瞬间发芽抽叶开花。在这个绚美天地里，被清新阳光照耀的人，是幸福的；被山水滋润的人，是幸福的。我发现，如果不是阿蜜诺带着我，我在这里一定会迷路。从水光看岸畔的民居和树木，有如海市蜃楼。我听见那些竹篁被风吹动的声音，和鸟儿啼鸣的声音是一样的。一路是清风携着阳光洒进湖水的细碎声响，一路是鸟儿忽急忽缓的鸣啼，一路是细小的翅膀掠过树梢发出的撞击声。

我看见阿蜜诺黝黑的脸额更加丰润、鲜丽，有如黑牡丹，盈盈绽放。走得累了，便在湖边小石凳坐坐。身边是波光粼粼的湖水，山影树影倒映，很有意境。我提议给阿蜜诺拍几张照片，她站起，依偎竹子，摆着姿势，微笑。再聊些演出的事情。我赞叹这里山美水美风景好。她忽然打断我的话，认真问我：“你真想来这里住下不走了吗？”“是啊，真想住在这里。”“你真的敢吗！”阿蜜诺截住了我的话，提高声调，完全没有了刚刚的腼腆和娇羞。我见她因追问而涨红的脸和盼望得到回答的神情。但对我来说，唯恐她不明其意，也怕自己的虚假，刺激了山村这个纯朴善良的姑娘。接下来我说出的话，又是那么的底气不足：“为什么不敢?”我以为阿蜜诺还会接着发问。仅仅一瞬间，阿蜜诺的语气一下子变成了叹息。阿蜜诺，她并不认为我能到这里居住，只是如其他的游客一样，做一次短暂、匆匆的游玩而已。

我与阿蜜诺生存在一个生活环境和人文环境不同的世界，对我而言，甫一接触纯朴的人群，会突然感到不适，但绝不会像城市生活那般的无所希望，以至于常常令精神疲惫不堪。我对城市生活感到绝望的同时，似乎能在乡村生活中找到一些补偿。这一失一得，让我不停行走，特别是有益于我生命的施洗之旅，更令我神往。我的行走，也是我当下的生活态度，它决定了我未来的命运。而现实早就证明了我是错的。我错在缺失判断。在城市生活里，我实无能力让自己成为双面人。我感到周围空气、城市的紧张与乡村的慢生活形成的强烈反差。在这两种环境里，我到底扮演怎样的角色？于我个人“小生活”来说，我只是看到了表象，不能看到真正实质；于时代的整体“大生活”来说，我只看到了众所共识的假象，不能看到其大环境本身所存在的巨大危机。当我意识到这些时，已然晚矣。

我带着对纯朴乡村的寻找，一次次行走，绝不是为了躲避，而是为了找到问题存在的难点，从而破除我内心存在的、对城市生活的恐慌。当我知晓了那些不该知晓的城市生活问题时，我感到的，是无边的茫然。至于所得到的一些馈赠，或许是另外一回事。

阿蜜诺是一个纯朴女孩。对于一个乡下姑娘来说，也许天生就是这样。但我又想，阿蜜诺其实是幸运的，她因为落根乡土，某种程度上没有城市的不良文化。若是生活在城市里，肯定如我一样的身心疲累，也不会活得如此鲜润。她没读初中，只读了小学。试想，一个连初中都没读的朴实的农村姑娘，在城市肯定步履维艰，有如一粒尘土，随风飘坠，随岁月逝灭。到头来，都不知自己的根脉在哪里。比如我自己，离家多年，回头再去寻找故乡，却不知故乡在哪里了。因为我内心的故乡不是现在这个样子。山林毁灭了，河流枯竭了，厂房建起来了，老房子不见了。我回不去了，只好来西部山村，寻找我从前的故乡影像。我在城市历练了多年尚且如此，何况一个初出茅庐、不谙世事的年轻女孩呢。

对我而言，文学真正的意义在于获得亲历的生活。在乡村，我已然获得了从前的记忆。也就是说，只有乡村才能够对应我的写作。《过故人庄》的诗意生活，是我的愿望。面对一朵开得盛美的小花，我并没有勇气说出爱怜或喜欢。也许我会说：没有被肯定的生活是不真实的。那么，什么才是“被肯定的生活”呢？其实我也说不清楚，这“说不清楚”，也证明城里人的虚伪性。山里人才不想这么多呢，只要水到渠成，没有什么可以阻拦的。

现在的撒尼地区，撒尼姑娘也已经从传统的婚姻观念中走出，不再把目光集中在本地区的小伙子们，也有许多嫁给了内地的汉族青年。她们也都在打工中增长了见识，为自己设计了更好的归宿，凭着天生的美丽，嫁到省城昆明或更远的内地大都市。每逢春节，她们便回乡省亲，这已经是存在的现实了。阿蜜诺的一个歌舞团姐妹，就曾经到广东某地打工，认识了当地的一个做买卖的青年，后来结婚了。两人在那边做着买卖丘北三七的生意，生活富裕。广东人喜食三七炖鸡，丘北的三七在广东销路不错。阿蜜诺说，那个姐妹还在丘北地区购置了很大的一块土地，专门种植三七，以供广东那边的市场需求。当然，还有不少是广西或浙江过来的老板，也专做三七买卖。丘北产三七，全国有名气。

寨子里的姐妹们

第二章

阿黑的歌，阿诗玛的谣

饭后，阿蜜诺约我到她的一个姐妹家吃酒。那个姐妹要嫁到邻村做媳妇了。其实白天已经摆过了酒席，晚上仍有许多朋友来喝喜酒。阿蜜诺带我过去，一进屋，就见土屋子厅堂有三桌宾客，三个桌子中间有火盆，满屋子便有木柴燃烧的烟味儿，有点呛人。这里每家到了夜晚都有火盆，一是可以取暖，二是可以煮肉。先前的撒尼人家都是有火塘的，现在改成了火盆。先前没有通电，以火盆照明。火盆点燃，满屋明亮。烁烁火焰，把那个要出嫁的女孩儿照得光彩无比，好像只有19岁的样子。这个女孩明天就要出嫁了，今天穿着母亲缝制的撒尼女红，煞是好看。一屋子人见阿蜜诺领来了一个男人，便找来两个小凳子放在离火盆较近的一张桌子前，让阿蜜诺和我坐下。全屋子的人都把目光集中在我身上。女人们大声嬉笑说话，男人们见有生人来，却矜持起来，一时无声。当然这样的场合，我有些不自在，阿蜜诺拉了我一把，我便挨她坐下来。那个女孩递过来两只大瓷碗，开了一瓶碑酒，一下子给我倒满了。也给阿蜜诺倒了一碗。阿蜜诺不踌躇，端起碗像喝凉水似的喝尽了。

女孩又示意我喝。我喝了一碗。有两三个长得黑黑的男人起身走过来与我喝。这般的一碗碗喝，不醉才怪呢。我有些为难，硬着头皮碰碗。还好，他们并没有让我与每个人喝，而是一起喝。坐下时我担心有人再过来喝酒。阿蜜诺看出了我的顾虑。果然，当一个小伙子又站起来向我敬酒时，她也站了起来，顺势从我手里接过酒碗，把酒喝了。然后摆了摆手，示意不要再倒酒了。我开始不好意思起来，因为有人代喝并不是光彩的事，而且如此我会让寨人瞧不起。一个男人怎么可以让姑娘替喝酒呢？但随即我看到大家并没有表现出鄙夷，照样你来我往地喝酒。人家其实不在意你喝多少，只是出于一种礼貌罢了。尤其是来了客人，若是不主动敬酒，他们会认为对客人缺少热情。我在云南许多地方都有这样的待遇。酒量虽没有，酒胆倒是需要锻炼。阿蜜诺与这些人你一句我一句大声聊着，说到尽情，哈哈大笑。

我注意到，阿蜜诺说话时，大家马上静下来听她说话，随之发出附和。这是一种受尊崇的表现。阿蜜诺说了一两句简短的话后，引来的是众人“啧啧”的声音。或那个小伙子再补充两句，大家便开心笑。后来才知道，这个小伙子阿黑，是阿蜜诺演出的搭档，阿黑唱民歌，曾在云南艺术学院进修过，现在文山州歌舞团担任独唱演员兼报幕，常和阿蜜诺一起作双人报幕。阿黑喜欢唱民族小调。我知道，如果让人家感到亲切，就要喜欢他们的民歌。于是，我让阿黑唱几句。阿黑让阿蜜诺先引了歌句。我听阿蜜诺这样唱：

姐儿住在对门岩，
天阴下雨你莫来，
打湿衣裳倒不怕，
门前门外脚印多，
留下脚印有人猜，
无因猜出有因来……

阿蜜诺的歌声刚落，阿黑紧接着张口就来，声调儿婉转、欢快，诙谐有趣：

天阴下雨我要来，
脚印多来郎不怕，
买双草鞋倒着踏，

小脚跟着大脚走，
别人看作出门脚，
他人神仙也难猜……

阿黑站起来，端起酒摇摇晃晃向我敬酒。阿黑的脸红得闪亮，醉成一只红苹果了。阿黑很客气，让我喝一口，他喝一碗。阿蜜诺笑嘻嘻看着。吃酒和聊天都到了最精彩的时候。几个寨人也开始唱酒歌，这是喝酒喝到了尽兴之时必然要唱的彝人祝酒歌。众人一起唱，大都是男人在唱，女人在一边烤火聊天，聊得尽兴，哈哈大笑。这边的男人唱祝酒歌，有劝酒的成分，歌声充满了粗犷的韵律和独到的发音方法，是纯粹的说与唱合成的音乐，有时声音高亢明亮，恍若雷鸣，震得低矮的屋子轰响，那声音飞进了火塘，让火焰烁烁闪亮。

彝族民间文学很丰富。过去有抄本或刻本的，或供唱诵的歌谣很多，其中，有引吭高歌、响遏行云的《所地山歌》，有低吟轻唱、缠绵缱绻的《幺表妹》。种类繁多，情调各异。《克智》是富于幻想、词语夸张的互相问答歌，气氛热烈。对答不上者，当众认输，自己罚酒。刚才阿蜜诺和阿黑唱的《妹家大门开朝坡》，就属此类的彝家“智慧对歌”，一般是在喜庆的场合来唱，由能说会道的双方各自用夸张的语言比赛，以能辩或巧辩取胜。也是检验智愚的一个最佳手段。撒尼人将聪明看作是博得情人欢心的条件。如果小伙子能机智应答，得到众人的夸奖:“小哥哥说话点子合”，便会得到姑娘的芳心。这种智慧的对答，不仅使民间艺术带上一种轻松幽默的喜剧性情调，也显示了彝族人的乐观自信。智慧之语，往往产生于劳动之余，也是底层人生的思考，更带着民间向真向美向善的人性光亮。彝族民间诗歌，多得有如星辰，闪烁智性的光亮。诗意地说，一个民族用歌声画出了自己的心灵史。

我后来查询彝族文化资料，惊异地发现其辉煌程度，足以让现当代诗人汗颜——彝族有四大史诗：15000行的《勒俄特依》、5000行的《梅葛》和《阿细的先基》，以及3000余行的《查姆》；有四大叙事、抒情长诗:《阿诗玛》《妈妈的女儿》《我的幺表妹》和《逃到楠密》。这些长诗都是叙事长诗，有如小说的民间记载。我对《逃到楠密》很有兴致，“楠密”(也叫“呐蜜”)是彝语，意为“幸福之地”。“逃到楠密”即“逃到幸福的地方”，是写一对彝族青年男女用逃婚的方式，来反抗不自由的婚姻，终于到了一个遥远的幸福之地，过上了幸福的生活。这部长诗显示出的是人性的曙光。过去，彝族下层要听从土司，不得有任何抗拒。这部长诗中的姑娘的行为，本身就是向强权社会挑战的反叛行为。彝族人用这种文学艺术表达出他们的心声。这部长诗，与阿诗玛的故事十分相似。

资料中被称为“楠密”的丘北地区，是撒尼人居住地。

这个地区，又以八道哨、曰者和仙人洞——也就是阿蜜诺的村寨为聚集地。但这个故事，到底发生在哪个地方呢？也许都是，也许是其中的一个。这个范围并不算大，却有其广延性。我们先放下《逃到楠密》不谈，只说《阿诗玛》，这个故事人人皆知，阿诗玛也被奉为民间抗婚女英雄。事实是，民间的抗婚很多，只不过阿诗玛的故事具有一种符号的代表性罢了。至于对“美丽之地”的誉称——楠密，却是民间的统一叫法。在诸多彝族文本原始资料中，都有阿黑（小伙子）外出到“楠密”（甜蜜地方）“放羊”的创作文本。石林地区撒尼人也都普遍认为，真正的“楠密”，其实是今丘北普者黑一带。但我认为，在当时，“楠密”是替代词，谁都不会说自己的家乡不美。从某种意义上讲，“楠密”不特指某一地区，而是彝族人内心的美丽之地。如此说来，属于撒尼人居住地的石林与丘北，都可被称作“楠密”。甜蜜之地，可看作是自由恋爱之地。哪里有自由，哪里就有甜蜜。撒尼人认为，历史上丘北的撒尼人，是从石林一带大迁徙过来定居的，那么丘北之普者黑地区即是“楠密”。阿诗玛逃到石林，石林地区自由，也是“楠密”。长诗中的阿诗玛逃离了热布巴拉家到远地，一定是要逃到很远的地方，不可能是很近的地方。因为近了，逃跑了也不安全，还会被热布巴拉捉回。而热布巴拉家，就是在丘北地区，这就有了一个相当大的疑问：阿诗玛和阿黑，到底要“逃”到哪个村子呢？

阿诗玛的出生地“阿着底”在哪里众说纷纭。长诗中的主要地名有“阿着底”“热布”“格路”“格底”等，其中“阿着底”是彝族社会的一个重要地名，是彝族祖先发祥地，后泛指彝族聚居区，长诗指代了一个大的地理区域，主要以石林县为中心，包括邻近的宜良、陆良、泸西、弥勒、丘北等县或地区。既然丘北赫然在列，我就有理由相信，阿诗玛就是从这里和阿黑一起，出逃到石林方向的“某一个”村子，但不是石林。这“某一个”村子，也被阿黑和阿诗玛们称为甜蜜之地的“楠密”，是所有情侣们内心永远追寻的目的地。

过去的撒尼人的名字，是地名和人名的相联。现在大多都改为汉姓汉名。以张黄二姓居多。过去撒尼族群以生地为标识的这种独特性，让一个人一出生就带有地域的明确标签：

格路日明，即是格路这个地方有一个叫日明的人。

热布巴拉，即是热布这个地方有一个叫巴拉的人。

昂自明主编的《彝族撒尼祭祀词译疏》中记叙了历史人物，如“尼者比帕锚”“文召文莱郭”“糯日且邦帕”“寨鲁资阿里”“楠密阿播资”等，都是“村名＋人名”的模式。如此便能弄清楚这个人或那个人所在的村子。“热布”和“格路”这两个地方，就是把故事的发生地交代得明白清楚了。即，阿诗玛和阿黑，要从热布（丘北普者黑某个村子）逃向格路（今圭山革腻村）——这是两个村寨的名称。阿诗玛的家所在的阿着底的上头，即格路村子，应该属于北边，即上方；而巴拉所在的热布村，应该在南边，即下方。阿黑和阿诗玛要逃走的路途中间，要经过弥勒竹园一带，也叫“格底”。这路程不算近，从南部地区向北部地区，起码每天行80多里的路，要走三天，就不少于250多里路。当年是骑马还是步行，都必须走盘绕的山路，相当的艰苦。爱情伟大，两位为了争取自由的年轻人，不惧山远水远，不怕风餐露宿，不怕路途艰险，一定要抵达一个安宁之地。

这个路段，我从2005年开始，不知走了多少次了。何况阿诗玛那个时代并没有路，所谓的最佳的交通工具也只是骑马，山路艰险多弯。普者黑地区是最南端的撒尼人居住区，过去曾经是弥勒昂土司的领地，而且很长一段时期，土司制度主导着撒尼人的生活进程。现在，这里的撒尼人大约有600户近5000人。长诗中的故事文本所涉及的地域之广，让人断定故事所具有的广延性和普遍性。由此我认为：长诗《阿诗玛》的故事不一定有，有可能是虚构，有类似地区的民间传说“变种”的可能。但其中所写的地名却是千真万确。还有一点，古时社会，无论故事、传说，不仅仅是以纯粹文学的形式呈现，而是包含了许多社会学、民族学、人类学、地理学、历史学等知识。它的“析出文本”含量是丰富的。作品的基调，弥漫的是社会底层对地区当权者的不满或反抗情绪。

彝族撒尼人歌谣长诗丰厚，文本性强，隐喻手法多样，是我始料未及的。歌谣体长诗《阿诗玛》也许读到的人很少，歌曲却几乎到了家喻户晓的地步。阿黑和阿诗玛，是彝族撒尼青年男女崇拜的偶像。彝族撒尼人不仅在结婚典礼上要吟诵《阿诗玛》，在日常生活中，也要演唱和讲述阿诗玛的故事。电影的主题歌，更是人人会唱，唱得牵肠挂肚，感慨万千——

马铃儿响来玉鸟儿唱，
我陪阿诗玛回家乡。
远远离开热布巴拉家，
从此妈妈不忧伤。
不忧伤，不忧伤。

蜜蜂儿不落哟刺蓬棵，
蜜蜂落在哟鲜花上。
笛子吹来哟口呀口弦响，
我织布来你放羊。
我织布，你放羊。

（女）哥哥哟像顶帽子，

（男）盖在哟妹妹头上。

（男）妹妹哟像朵菌子，

（女）生在哟哥哥的大树旁。

马铃儿响来玉鸟儿唱，

我陪阿诗玛回家乡。

远远离开热布巴拉家，

从此我们不忧伤。

不忧伤，不忧伤。

把阿黑和阿诗玛当成榜样，甚至在驱除邪秽的“恩杜密色达”和“博巴密色”等习俗中，都把阿黑和阿诗玛当成具有神性力量的民间神灵。艺术形式上也是有多种，长诗、歌曲、电影、戏剧等。最值得音乐理论家研究的，是长诗的调性手法；最值得史学家研究的，则是长诗里面的许多隐藏着的民间最原始的民族元素。而让文学家感兴趣的，或许是它所呈现出来的美与丑的道德标准。

这些标准，集中在劳动、勇敢和智慧这三个方面。

在彝族先民看来：勤劳能干是美的，好吃懒做是丑的；勇敢无畏是美的，贪生怕死是丑的；智慧是美的，愚蠢无知是丑的……这些“标准”的审美之道德观和价值观，在彝族民间一直贯穿着、发展着。在我看来，这些做人的“标准”，应是我们今天的学者真正要挖掘的“意义化”德育标准。它比现在任何一些规定性的假大空理念来得更直接、坦率，也更有民间的规范力量。彝族是一个古老的山地民族。早在一千多年前的彝族艺术理论中，就有道德观和价值观的自觉认识。《彝族诗文论》把工匠的聪明、平民的勤奋、禾苗的生长、庄稼的收成及牛羊的繁殖等作为诗歌吟颂的对象。把劳动看作是人间最美的事情，哪怕艺术表现也不例外。我今天听到的只是一个片段。那首当代创作的《远方的客人请你留下来》之所以久唱不衰，就是因为它以特有的彝家歌谣跳弦来谱就的，热情奔放。每次听这首歌，内心都是暖融融的。

我对阿黑说，这类民间歌谣非常难得，若是能深入挖掘，像王洛宾挖掘新疆民歌一样，将是一个巨大的民族音乐财富。难道就没有音乐家们来做吗？这是民歌艺术家采风的重要材料资源。要知道，“抢救”是多么的重要。我甚至想，在这里搞个民间音乐研究课题，也比研究当代作曲家迎合时代的一些拙劣的作品强多了。我问阿黑这些歌谣跟谁学的。阿黑说，这里的每一位老人都会唱。从小他就听着大人在唱，自然而然就会唱了。一些老人不识汉字，但彝家的歌谣都会唱，且能唱好多。阿黑见我感兴趣，就又唱了一些小调。他说他唱得并不好。还是老人们唱得好。我问在座一位老者，可不可以唱几句？那老者默默喝酒，面无表情。我又说，如果有时间，要向他们学唱一些撒尼人的歌。他好像没听懂。阿黑说，老人们听不懂外地人的普通话，尤其在这里生活了一辈子、没离开故土一步的老人。

酒喝得差不多了。阿蜜诺怕我疲劳，便提前结束，与那个女伴儿耳语几句提前退出来。阿蜜诺始终微笑着。那个出嫁的姑娘和她的父亲送我们出门。我只觉得身后有许多面孔晃过，热情、仁善，我像陶渊明笔下偶然闯入桃源仙境的武陵人，分辨不出这里到底是虚幻的，还是真实的存在。阿蜜诺和我在村子里走着。路上有一些积水，大概是下雨积在坑洼处的。牛粪也多，我怕踩上，只好躲着这些牛粪走，步履有些摇晃、蹒跚。阿蜜诺怕我摔了，就扶着我走。走着走着，我们的手拉在了一起。

阿蜜诺的手很小，很绵软，柔若无骨，不像农村姑娘常常干农活儿的手。手有些发烫。只一会儿，两个人的手心都沁出了汗，汗混合在一起，热乎乎的。谁也不说一句话，踏着路上微白的月色，往阿蜜诺家的方向走。恍若童年我在故乡村路上拉着我的小伙伴儿的手。我听见了小女孩儿被人欺负的哭声。我捡起石头将那些入侵者打跑，然后护送她回家……这是我无数次梦境回味的细节。这个细节伴随了我一生。那个小女孩儿，此刻与身边的阿蜜诺重合到了一起。我们俩人的鞋子磨着土路碎石的声音，那般的熟悉、生动，令人怀恋。我感到阿蜜诺的头靠在了我的肩膀上，愈来愈沉，我在微凉的风中感到了一丝温馨。阿蜜诺的脸颊灼烫，眼角有泪水。我问她是不是女伴儿出嫁让她伤心。她沉默不语。我拉着她慢慢走。我盼望这条路上的牛粪更多一些、水洼更大一些、路更长一些，最好有许多水牛挤在路上，拦住我们无法通过。好让我们的脚步更慢一些。慢到让时间停止，慢到让天地停止。

我和阿蜜诺在漆黑的村路走着，谁也不说话。

快到家时，她有些依依不舍，但还是松开了手。快走几步，进了院子。打开一楼的房门。进屋。开灯。再灭灯。估计是睡了。我呆呆站在小院子里，看着阿蜜诺的房间发呆。阿蜜诺在后来我回到北京后的电话聊天时，曾夸张地说我胆子如此之小，以至于让她不知道怎么办才好。每说起那个晚上的情形时，我都会突然有莫名的感动。我看见了自己的幽灵从身体里走出来，正在天堂的一隅和阿蜜诺亲吻。我快步走向楼梯拐角。今晚，我完全被民歌的光芒照耀，我完全被阿蜜诺美丽的容颜打动。阿蜜诺就是阿诗玛，阿诗玛就是阿蜜诺；阿蜜诺不是阿诗玛，阿诗玛也不是阿蜜诺。来这里的我不是真实的我；真实的我就在村子里而不是在城市……楼上的灯亮了，楼下的灯熄了。

我站在二楼的露台，痴痴望楼下动静。好久好久。想着今晚与村民喝酒的情形。想着阿蜜诺和阿黑唱歌时的神情。想着我和阿蜜诺在村路慢慢走回的情景。怎么也无法拂抹去刚刚与阿蜜诺手拉手依偎着的温馨。现在这手心依然火热、滚烫。如同内心。我感到有一棵树长势正旺，那枝叶盈满了清风和雨水。湖畔那边的竹篁里传来了小山鹛的一两声鸣啼，婉转、缠绵，像悄悄话儿，又像呢喃梦语。这两声轻啼，却让我听出了时光漫过的惆怅味道。鸟儿们也在忙于生活，也是日出而作，日落而息。抬头看天，无数星光闪烁，无数的面孔闪过。静谧的心事，辽阔地飞着、飘着、散逸着。是啊，我仅仅是过客，连一根草木都不是。我在这里也许无法成活。我在这里也许能长势良好。湖光闪过，山影闪过，时间闪过。如同一两声鸟啼，瞬间的事瞬间的梦，就这样过去了，只留下绵远的、折磨心灵的回味。

翌日清晨，我解开阿蜜诺家的船，游览近湖。开始时小船在原地儿打转转，是我的摆桨有问题。阿蜜诺在岸上喊我，我便把船划到了岸边。她领着大黑狗上船，从我手里拿过桨，一下一下划着，船稳稳前行。然后我接过了桨，也学她那样划船。划了一会儿，就基本上掌握了技术。在这个湖里划船，与城市公园里划船不一样，湖里有莲叶和水草，木桨不时被缠住，因此这木桨入水的深度、摆动的幅度都要注意。阿蜜诺要去菜地里拔菜，叮嘱我不要翻了船，最好就在这附近水浅的地方，不要离得太远。她拔完菜要回家给我们做早饭。我领大黑划船。这时一个寨民早上出去打鱼回来了，见船上的狗，认出是阿蜜诺家的大黑，就往这边扔了一条小鱼过来，大黑便在舱里用爪子玩起了小鱼，小鱼被大黑的爪子拨拉得直跳，一下子跳进了湖里没影儿了。大黑便向着湖中心吼叫，我哈哈大笑。阿蜜诺便朝着这边看，呵斥大黑两声，大黑委屈地趴在船头不吭声了。阿蜜诺拔完了菜，沿着田埂回家了。厨房的烟囱冒起了饮烟。一会儿，她站在墙豁口大声喊我吃饭。这久违了的生活情境，再次呈现。小时候，姐姐也是这般叫我回家，我贪玩忘了吃饭，她便在村子里到处找我，找到我后带我回家吃饭。若是找不到我，她也是要挨爸妈骂的。想起这些情境，我的内心始终觉得愧疚般的疼痛。现在，仅需一小块儿菜地和一小片儿草滩，便能让我感动。

阿蜜诺到她姐姐家去送红糖。中午吃过饭，阿蜜诺回来了。她问我想不想跟她到曰者村子，昨晚那个姐妹就是嫁到曰者村子，下午她要和一个女孩儿到那里吃喜酒。我正想见识一下撒尼人的婚嫁场面。下午两点半，阿蜜诺的小妹来了，在小院子等车。阿蜜诺租了一辆桑塔纳，我便和两位姑娘一起坐车到曰者村子去了。一路油菜花开，一路麦子油绿，一路红土地菜畦片片。到了曰者村寨，见清一色土坯房子，村子里还有一大片竹林，以及高大的榕树，是个有着原始气息的山村。新郎家有个很大的院子，大门两边，堆着刚刚砍下的松枝，松枝上拴着红色布条。松树是撒尼人的吉祥树，用于祝贺吉祥日子的植物。院子里早摆好了十张桌子，有的桌子还摆到了村路上。院子一角，支了八口大锅，分别煮着鸡肉、猪肉、藕块、鱼块、山药、鸡蛋、豆腐和蔬菜，每座大铁锅的下面，都有一个鼓风机，呜呜呼呼吹着，下面的木柴燃烧成红红的火炭。三位厨师，忙个不停，用铁勺子在大铁锅里搅和着，直到汤汁沸腾冒白沫儿。

这种纯粹的"大锅菜"，便是撒尼人著名的"八大碗"。今天算是见识了。这种吃法，完全是一种"山寨吃法"。人们在院子里穿梭，煮菜的、端菜的以及来客，热闹非凡。客人呈上礼金。有两位老人用大红纸记录寨人的礼金数。我挪到两位老人身边，朝那大红纸看了一眼，不看不知道，一看又让我吃了一惊：全是5元，最大的数额10元。这与内地70年代时结婚的礼金数是一样的啊。阿蜜诺拿出20元钱给她的姐妹。那姐妹收了。阿蜜诺给的礼金，已是最多的了。不过，这种场合，也许礼金真的不算什么。寨人主要是来吃酒。平时过年过节、谁家媳妇生孩子，或者杀年猪，也照样请来吃酒祝福。在撒尼人看来，谁家来的客人多，谁家一年的收成一定丰盈，生活一定富裕、幸福。

我也随了一份儿礼金，以表达心意。然后给新郎新娘拍照，答应要把照片洗出给阿蜜诺寄来。拍照片时，新郎17岁的妹妹一直跟着我看我拍照。小姑娘上身是白色运动短衣下身蓝色运动裤，扎一把“小刷子”。跟阿蜜诺和那个姐妹在一起，我们走到哪里她跟到哪里。她嘴很甜，叫我哥哥，还要求我给她拍照。在湖边摆着各种姿势，我给她拍了不少。阿蜜诺有些不高兴，训斥那个女孩儿，但又不能不让那个女孩儿跟着。那个女孩儿也不生气，笑嘻嘻拉着阿蜜诺的胳膊。后来吃饭时，三个女孩子也坐在一起，用当地话聊天，我听不懂她们说什么。主桌酒席是几张饭桌拼在一起的。

婚礼开始，即是吃饭开始。一位老汉（大概是新郎的爷爷）站在新郎新娘婚房前的台阶上，怀里抱着一只母鸡，那母鸡居然是用红绸裹着的。开始那只母鸡不停挣扎，后来就听老汉口里念念有词说着什么，我听不懂，但肯定是一种咒语或祈祷之语。也是奇妙，那母鸡立即静了下来，缩着脖子，似被一种力量控制着。老人将鸡放在面前的桌子上，那里有一碗米酒、一把镰刀、一只草帽和一把五谷杂粮。我有些明白了。这些东西，都是撒尼人生活离不开的食物，也是生活来源、安身立命的宝物。老人念叨的到底是什么，我无法听

送嫁

跟在母亲身后的披着花红色婚纱的新娘

婚礼上的乐手

村寨琴师

懂。问阿蜜诺，她也说不清楚。台阶下有位老人弹起了撒尼月琴，歌声苍老、嘶哑。几个老年妇女和几个年轻小媳妇跳起了舞蹈。阿黑们却是激情四溢，大声唱起撒尼人的敬酒歌。

村子里的阿黑们大都在外面打工，无人穿彝族的小褂。他们热衷穿牛仔裤、染黄头发，穿着带有卡通图案的T恤。他们恋爱大胆，只要看得上意中人，就直接表白，然后领回家。这种恋爱方式，很快地让他们组建家庭。我了解到，对彝族的分支撒尼人来说，男青年刚刚到了十五岁，就不能和父母住了，就要搞个仪式——由父母出面请全村子人吃饭，也即告知全村子的人，这个家庭的儿子已经长大了，可以独立、可以娶亲生子，等等。彝家村寨有一个自古以来的不变传统：男女青年到了一定年龄，要与父母分开。男孩子女孩子都要在外面另盖一间房，男孩子的房叫“公房”；女孩子的房叫“花房”。过去的“花房”是耳房，即一间凌空构架的小阁楼。撒尼姑娘长到15岁成年后到“花房”里住，表明有了爱的权利。夜幕降临，阿乃（姑娘）在湖边梳妆打扮之后，爬上花房，等待阿黑（小伙子）的到来。阿黑用歌声唤出阿乃，到凤尾竹下谈情说爱，或划船到湖里游玩。一旦确定关系，姑娘就会将头上的彩蝶取一只送小伙子，当作二人的定情信物。再发展，就是同居、生孩子，然后结婚。

撒尼小伙儿都叫阿黑。

唐人樊绰《蛮书》中这样记载："少年子弟暮夜游行闾巷，吹葫芦笙，或吹树叶。声韵之中，皆寄情言，用相呼召。"作为阿黑，在《阿诗玛》中有潇洒的书写："阿黑牧羊人，住在甜蜜乡，三年把羊放，三月学歌唱。金色竹一枝，银色竹一枝，铜色竹一枝，玉色竹一枝，锡色竹一枝，铅色竹一枝，竹生十二杈，杈杈米团插。"相传过去有这样一种唱调子的方法，唱调子的人手持一根竹子，竹子上留十二杈，杈上插上染了色的米团，每唱一支调取一米团吃。这种习俗，在这边远的撒尼山村中，已然少见了。撒尼小伙子的上装为青色或灰色对襟衣，外加蓝布镶边的短褂，朴素简单。

撒尼姑娘都叫阿乃。

看撒尼女孩的头帽，即能分辨出是否婚配。帽上只有一只彩蝶的撒尼姑娘，表示已"名花有主"了。有两只彩蝶，则是可以追求的对象。当被追到的女孩儿与男孩儿确定了婚姻之后，就会摘掉一只彩蝶。撒尼姑娘戴的花包头，又称"窝结"，是以红、绿、蓝、紫、黄、白、青七种颜色的丝绸配制的，边沿钉有银泡泡，包头两侧缀一对三角形彩色绣花图案，好像"彩蝶"。后坠一对串珠，末端系银铃须线。走起路来，银铃撞击，铮铮作响。这种包头，是模仿天空的彩虹，纪念古时传说中的一对投火殉情的青年男女，这对恋人死后化作七彩长虹，后人模仿彩虹做出包头，把它视为爱情忠贞的象征。结婚生子以后的撒尼女子，则将这一只彩蝶放平，置于头顶，装饰也大为简化，无银泡和串珠。

阿蜜诺给我讲她们彝族的撒尼人的婚俗是这样的：

撒尼男女青年相恋后，先是同居，然后生了孩子——“先生孩子后结婚”是云南“十八怪”之一怪。我打趣对阿蜜诺说：这孩子就是证婚人啊。结婚的新房，就是那间“公房”。房子外面的小窗子上挂满了结满籽实的松枝。松枝是由新娘的弟弟去山上砍来的，很大，直垂到一楼的窗口。撒尼人结婚，一定要砍来新鲜的松枝，以粗大为佳，将结满籽实的松枝挂新房窗子外，喻意“送子”(松子)。还会得到好运，保佑今后的日子吉祥平安、幸福富足。这些传统民俗，现在已经简化。外出打工的小伙子受城里人的影响，很晚才结婚也是有的。或者在城市里读大学，完后在城里工作的。但对于他们的父母来说，则希望他们早点儿娶妻生子，延续香火。我在这个小小村寨里也能看见很“年轻”的、留守的爷爷奶奶们，背着小孙子在村子里走着，孩子的父母却是不见，八成是在外地城市里打工。

撒尼人的婚礼注重良辰吉日，日子由男方父母选择。婚礼举行前，姑娘要减饭减水，临出嫁前更是不准吃喝。这种“新娘子饿食饿水”的习俗主要来自撒尼“虎妻”的传说，同时也为了避免在迎娶的漫远路上因为解手而带来的尴尬。举行婚礼这天，新郎家的院子里用松枝搭起青棚，在松枝上挂一条红绸子，正中摆放着彝家喜神牌位。彝家歌师不停演唱富有民族情调的歌曲，伴着歌声，人们载歌载舞。男方娶亲的队伍来到女方家门前时，要接受女方的兄弟姐妹和同辈的兄弟姐妹泼水，以示庆贺。撒尼人认为：泼了水，姑娘到丈夫家后就不会到很远的地方背水，即使天旱，也有吃有喝。娶亲的队伍进了女方家门后，在供桌上点上香、磕完头，接着就开始展示带来的礼物，如衣服、鞋子、包头、钱币等。女方也展示姑娘的嫁妆，如橱柜、箱子、衣物、凳子、被褥、彩电、缝纫机等。这时候，由女方父母请来的歌师开始唱娶亲歌，唱一段，展示一样，唱到什么就必须展示什么，如果错了，或者慢了，歌师就要用簸箕在娶亲人的头上打三下，引得众人哄堂大笑。展示完毕，女方家招待娶亲的人喝水：先喝茶，后喝糖水，寓意生活“先苦后甜”。彝家的规矩，不管路有多远，一律走路，不骑马，不坐轿。但近年家里富裕了，也有乘坐汽车或拖拉机的。娶亲、送亲队伍在喇叭和唢呐喜气洋洋的乐曲中，抬着丰厚的嫁妆，浩浩荡荡，向男方家出发。

一路上，人们弹月琴、唱山歌、跳左脚舞，热闹非凡。娶亲的队伍，则回到新郎家门口，燃放大火炮和鞭炮。然后新娘在手持两支火把的少女的陪同下，走进大门并一直走到洞房中床坐下。这时，由一位中年妇女主持，让新郎新娘喝“交杯酒”。新郎走出洞房，来自女方家的女宾（陪娘）陪着新娘留在新房中。晚饭时，按传统习俗，新娘在一天时间里不得吃两家饭，需由陪娘把女方带来的饭菜热了给新娘吃，并邀约新郎陪着吃。男方家大宴宾客之后，在青棚院子里燃一堆火，然后大家一起，围着火堆弹弦子、唱调子、跳左脚舞。新郎和新娘也参加到跳舞的行列，大家围成圆圈，一直唱跳到天亮。婚礼上，除了大三弦舞，还有《苍蝇搓脚》《老牛擦痒》等幽默、风趣、乡土气息浓郁的民间舞蹈。有关大三弦舞，有这么一个传说：古时候，居住在深山老林、以刀耕火种为生的撒尼人，每年播种季节，都是他们最为艰难的日子。土司头人强迫穷人来种地，然后才准穷人种自己的地。为抢节令，人们等不及“火地”里的火炭儿完全熄灭，就赶紧点播种子。因为无鞋穿，双脚被土烫得难受，人们只好每走三步，就把脚抬起来蹬两下，两只脚轮转着走，有时还被烫得嘴里直喊“阿啧啧”。有点儿像西方黑人的踢踏舞。农闲时，回忆起这种动作，最能代表当时的劳动情景，就配上大三弦的音乐，编成舞蹈，成了今天的大三弦舞，又称撒尼人的“跳乐”。

天亮后，新娘去挑两担水到厨房，同时在灶间烧一把火，表示新娘已经开始在新郎家生活了。这天，新郎家还要宴请宾客。宾客大多是亲戚，外来客人已经走了。第三天，新娘要回娘家，俗称回门。回门时间一般为四五天，新娘即回夫家生活，个别地方有回娘家几个月，甚至几年的，要看当地的风俗了。当然，以上的婚俗，现在也有较大的改变。“花房”和“公房”，是连通恋爱中的男女的名词，已不是什么稀奇事了。它只是一个说法而已。婚礼上我看到这个彝族分支的婚俗，判断出婚俗所呈现的民族习惯，全都是“种族”的优势。比如健康的身体、健康的心态、最佳的怀孕时间等。

撒尼人的婚礼，也往往是年轻人互相认识的机会。今天的婚礼，阿黑（小伙子）阿乃（姑娘）不少。撒尼阿黑长得帅极：卷发。长鼻梁。浓浓的眉毛下，一双深陷的黑眼睛。脸形俊俏，典型的黑彝贵族血统。令我这个从都市来的白脸汉子感到丑陋至极。阿乃也是个个俏丽、黝黑、玲珑。即便有高大的女孩，也是细高挑儿身材修长。有如时装模特，楚楚动人，也有胸高臀突、腿长脚大、健康丰满的女孩子，一看就是未来生育的好身型。

老人们喝的是米酒，度数不低。小伙子和姑娘们喝的是啤酒。最热闹的，是新郎新娘走到哪一桌敬酒，都发出欢呼。喝酒，是撒尼人的喜好。撒尼人的婚礼分为“喝小酒”“喝中酒”“喝大酒”。喝完“大酒”，新郎带着10多个人身着节日盛装，前往新娘家正式迎娶新娘。肩挑箩筐，里面装满粮食和各种蔬菜，以及送给新娘的衣物和银饰。这还不算完，迎亲队伍来到女方家，女方家故意闭门不开，要男方女方的唱歌能手对歌，直到女方满意才肯罢休。姑娘们十分调皮，有意捉弄迎亲者，用锅灰摸黑迎亲者的脸，让他们难堪。迎亲者也不示弱，反手摸黑姑娘的脸。全场洋溢欢乐气氛。这种摸黑脸，现在演变成了“摸你黑”习俗。“摸你黑”是撒尼人择偶交友、表达爱慕之情的有趣活动。一年一度的“花脸节”就是这种习俗的延续。姑娘和小伙用烟灰相互对抹，抹得越黑越过瘾，抹得越花越开心。这天的村寨异常热闹，“摸你黑”是用特有的方式表情达意。平时他们对陌生的外来人客气，但这一天除外。

我忙于拍集体吃酒的镜头，阿蜜诺不时喊我坐下吃饭。人声嘈杂。我上蹿下跳，时而跃上矮墙，时而脚踏木凳，忘情拍着，几乎成了婚礼上最活跃的人。这些镜头十分珍贵，吃饭已不重要。我被欢乐的场面感动得几近落泪，直想把这影像资料带回北京给亲朋好友观赏。

吃得差不多时，阿蜜诺领我看新郎新娘的房间。房屋是一座仅有10平方米的土屋，除了大婚床、两个小柜子和一台彩电，别的一无所有。内墙刷了白漆，挂着一张大镜子和两个剪纸双喜。从新房出来，吃饭的人群便陆续散了。新娘拿出小凳子给我们坐，又端来茶水和瓜子。阿蜜诺打电话要那个出租车来接。车子得从县城那里过来，最快也得一个多小时才能到。我起身到村路边溜达、拍照。这个村寨显然不如阿蜜诺的村子，一些老房子摇摇欲坠。村路也十分狭窄，到处是杂碎的玉米秸秆，牛粪猪粪不小心会踩到。狗儿和鸡鸭，四处乱跑。几个穿着彝装的妇女从县城回来，我退到田埂，支起独脚架和相机。这样能拍到逶迤远去的土路以及妇女们拉开的身影。远山，土路，田野，身穿蓝色衣服头戴花帽的彝族妇女。这张照片后来和我的文章一起，发在了中国艺术研究院主办的《中华文化画报》上。可惜的是，当时的数码相机像素太低，无法放大。尽管这样，我已满足，也是意外中的一个收获。

车来了，阿蜜诺、阿蜜诺的小姐妹和我一同上车回返。

我坐在前面副驾位置。车子沿着黑黝黝的土路向县城驶去。司机飙车，有如撒开四蹄的野马，撒欢儿地跑。车子颠簸不止。两个姑娘坐在后座，用我听不懂的话聊天。大致在聊今天的婚宴和新娘的嫁妆。车子开出了一会儿，阿蜜诺突然从后面递过来两枚煮熟的土鸡蛋给我。我一愣，马上意识到，这是阿蜜诺从婚礼宴席上为我带来的，还有些温热。我把鸡蛋剥了壳吃下去。

第三章 花香闪亮的岁月

这些年来，我一直与阿蜜诺有联系。她时常给我寄来丘北辣椒、红糖、小鱼干和三七花。每收到这些土特产，都会想到我们在一起的情景。一位不沾染俗尘的山村姑娘，已然成了我最要好的朋友。阿蜜诺的一些想法也是天真，比如每次打电话她都对城市女人十分好奇，还问我哪位女歌星的名字，能否帮她找一首谁谁谁的歌。有一段时间，阿蜜诺突然失去了联系。我不明原因，我只有她的电话，她家和她弟弟的电话我没存过。

我盼她来电话，可是过去了大半年。再来电话时，是在一个深夜，她让我能否在北京帮她买某牌子的蒙古牛肉干——这个并不紧迫也并不大的事情，她竟然是在深夜来电话提出的。这让我感到好奇。看我一再问，她才吞吞吐吐说是她儿子要吃。有一次一个北京客人带了一些给他们，她儿子很爱吃。我很意外，你有儿子?

都5岁了。她答。我问她男人是谁，她不肯说。我就不再问了。但她还是对我的家庭问题感兴趣。阿蜜诺有一次醉酒，说起那晚我们一起从她女伴儿家往回走的事情。她说她知道那天晚上我在露台坐了很久。“其实那晚我真的好想你能唤我出来到外面走走，好想你能来。”她这样说。

我对那天晚上有无数次的幻想描述，脑子里掠过的，常常是和她一起走在路上的情境……可是我那晚为何没多喝几碗酒，好让我有足够的勇气?我恨自己懦弱，也讨厌我虚伪的正人君子表象。我这个胆小如鼠的人哪，敢想却不敢做，十足的怯懦。失去了阿蜜诺的爱，对我来说再次来这里就变成了异乡之旅。我永远是一个游客。从此，我与阿蜜诺之间，也永远是纯洁的朋友，保持着距离的那种。对我而言，现在只能凭一些细节，回想那仅有的片刻甜蜜，慰藉我那一点儿可怜的精神生活。我突然意识到我身体逐渐衰老，却仍然有足够的劲力游山逛水。那些以往的回忆，过去了就过去了，不再想了。我已经到了一个能放飞心灵的地方。这个地方的空气可以洗心洗身洗灵魂。我睡得很香、很沉，从未有过的舒畅。

鸡叫头遍的时候，我醒了。西部的太阳出来比较迟。普者黑地区的鸡鸣有特色，它们总是有充沛的精神纵情高歌，十里八村，也能听见。往往，这个村子的鸡先叫，那个村子的鸡听见了也开始叫，好像狂人隔山互啸。我后来在土街和田野看见了那些大鸡：雄壮威猛，气宇轩昂。这些大鸡，能上山，能上树。特别是上树，从这一棵飞到另一棵。从水田这头一溜儿飘到水田的那一头。落在潮湿泥土的大爪印儿，有如鹰爪子。还有牛的叫声，浑厚、沉实，内力充足，一听就是体形硕大的水牛或黄牛。这些牛力大无穷，一块黏稠的水田，犁铧深切进去耕作，一头牛一天能耕好几亩地。现在，我在鸡鸣和牛哞声中醒来。拉开窗帘，屋外漆黑，这是黎明前的黑暗。但村子里的鸡们不这么想，它们内心似有一个巨大时钟，追撵昼夜光阴。它们早看见太阳在山的腹中胎动。鸣啼此起彼伏，似乎比赛，看谁是山寨真正的歌王。走出房间，站在露台，看山的轮廓，读水的波纹。清凉的风从湖畔吹来，带着一股清凉。

7点钟左右，天放亮。披一件衣服到露台。远眺湖光山色，庆幸自己从污浊的地方高高跃起，跳进了清澈之池，全身上下舒爽透彻。我被湖光山色照耀，全身上下金黄，像一根草木，轻盈漂泊。我全部思情，被词语浩大的光芒照亮。再过一会儿，屋子下面土路，出现了扛犁下地的人和担水桶到湖边洗菜的人，还有扛着渔网踏上舟船的父子，还有那位划向湖心的老人……晨景很美。远远欣赏风景中劳作的人，若是画家来了，一定会创作出绝美的画作。

起床，简单洗漱，就连水管里的水也是润滑的山泉。仙人洞村子归属普者黑乡，有平坦的田野，也有起伏的山峦，更有多如镜子的湖泊。水源旺盛，在280余座孤峰中，有240余座山有溶洞。每一座湖都是水源旺盛，水流从每座山流出来、在大地的低洼处积酿而成。我观看这些山，形似倒扣的大碗。这些“大碗”，都是巨大的水窖。丘北一带，即便全省大旱，这里也水源充足，因此得名为普者黑，彝语的喻意是“有鱼虾的地方”。它拥有大大小小的湖泊60余个，较大的天然湖泊，面积10.8平方千米，是丘北地区乃至文山州地区水源最为丰盈之地，盛产鱼虾和莲藕。这里山环水，水抱山，山山相连，水水相通。水从山里来，富含矿物质；山浸在水中，有如岛屿。因此不怕干旱和涝灾。有时候，上山即是下湖，下湖即是上山。常常，寨人执一鱼竿，坐山坡钓鱼。饿了，就于山窝处燃一堆火，烤鱼吃；累了，就倚山坡柔软的草坡睡一会儿。心灵优游，身体健壮；打鱼采药，宛如隐士。这个小山村里，一定有高人隐居，我向往这样的归隐，也想见识此类高人。我一次次住进阿蜜诺的家，对阿蜜诺的情感，静水微澜，无涛无浪。我在内心这样说：阿蜜诺不是阿诗玛，我也不是阿黑哥。

喝杯开水，胃热起来。下楼，站土路边拍农人稼穑图。觉得肚子有些空，回转，看早点能吃点什么。阿蜜诺的妈妈起床了，正在小院子里梳头。我跟她说想吃早饭，她好像并没有马上做饭的意思。我有些纳闷儿。上楼，继续拍远景。8点半了，终于按捺不住下楼跟阿蜜诺的妈妈说了能否下碗面条。她歉意说："我们这里不习惯吃早餐的，因为起得晚啊。"撒尼人除了下地干活的人，从不吃早餐。我有些惭愧，也许在他们看来一个闲人怎么会想吃早餐；也许因为我的到来，让阿蜜诺的妈妈要早起做早餐了。想到这些心有些不安。阿蜜诺的妈妈已燃火，烧水煮面，里面还放了煎蛋，吃得热乎。

步出棚子，到村东小学校土路溜达，站着不动就能拍到许多劳动景象。农人们从我身边走过，还有手扶机车拉粪下地；有两位老妇赶着大肥猪向东边走。这些日子，杀年猪的多。每杀年猪，都把全村子亲戚邻居请来吃肉。杀猪人家小院子摆十几桌，大碗猪肉端上来，大碗米酒斟满了，大家吃个饱，喝个醉，唱《青棚调》，尽兴时还要弹三弦跳舞，欢乐一天。

早饭时，阿蜜诺的妈妈特意叮嘱下午和她一家子去东边亲戚家吃年猪肉。开始我以为这只是礼让，后来我才知如果我不去，阿蜜诺的妈妈还得考虑为我做晚饭。我不太懂撒尼人的习惯，他们对外来人，也并没有那么多的客套，好像一切都理所当然、自然而然。但我想的却是去的合适不合适问题。问题在于，我自己始终以一个“外来人”的心态想事情。于是在阿蜜诺的妈妈说这话时，就带着犹豫问道：“合适吗？”她说：“不得事的。要去的。”我知道这“不得事的”就是“不碍事的”。其实她满心希望我能跟她们一家人去亲戚家吃年猪肉，因此是诚恳的，绝不是礼让。我也真的希望能参与其中，拍到撒尼人吃年猪肉的镜头。

这里的每一个生活细节、每一座房屋的位置、每一片儿水域，都有不凡的传说。比如我面前几座独山，有两座很像一男一女并排仰视天空。我将这两座山赋予想象，能牵出一个生动的故事，比如缠绵缱绻后的沉睡。还有“入睡的女神”，若是黄昏时分，绝然一个天地之巨神入睡之形。母性之山丰腴，也喻示了山村的女性之丰腴。这风水绝佳之地，必是物产富庶之地，必是人脉旺盛之地。对于山水而言，是通过生动的形态，来预显族群的旺盛。是天之象。风调雨顺，物产丰富，是民生之福祉。这个村寨，可能也早将两座山或女神之山，当作了圣神膜拜。当然，把每一位来这里的人都当作宾朋，也是撒尼人的善良本性。这种本性，在诸多的“城里人”看来，是那么不适应。但在他们看来，则是理所当然。

对于阿蜜诺的妈妈的邀请，我满口答应。阿蜜诺的妈妈、阿蜜诺的爸爸、阿弟、阿蜜诺和儿子嘿嘿都要去吃年猪肉。阿蜜诺的弟媳刚生男孩半月，还在调养身子时期，不便前往。

我眼看着这大猪被两位老人赶着，向村中心走。心想，今天是否就杀这头大猪呢？再往前走，一掠而过的人，有的我曾见过，有的不认识。有一位我认识的妇女抱孩子走着，我见她今天穿的是鲜润的紫蓝红花混搭撒尼衣衫，头戴圆帽，非常俊美。就上前与她打招呼。那妇女愣怔一下。我说："你还记得我吗？我前年来的，还在婚礼上见过你。对了，就是前面嫁姑娘那家小院子给你拍过照，照片收到了吗？"这种故意套近乎的效果，果然管用。

那妇女便站住了，从疑惑的神情里露出笑容："是你啊，想起来了。"

我便趁机为她拍几张。她笑得灿烂、羞涩，木偶一样站在那里。她身后的墙是崭新的，这当然影响我心中"原象乡村"的本来面貌，就让她临湖而站，湖岸的芦苇正好遮挡住了后面的现代建筑。我调大光圈，让背景虚幻，以便突出主体。她先是牵着小孙女，后来抱起小孙女拍照。很显然，我的拍照惊着了小孙女，任凭怎么逗她也不笑，只是惊恐地看着镜头。我不能照得太多，以免让孩子产生不适。简单聊几句。她始终微笑，问我住哪。我告诉她住在阿蜜诺家。她说

抱孩子的妇女

“阿蜜诺呀好得啦”。我明白这是赞赏阿蜜诺。这种家常式的聊天，让我与乡亲关系拉近了一些。他们不会认为我有目的来此，而是一个普通的客人。这是我在乡村行走的策略，若是了解本态的乡村生活，就必须把自己变成一个乡村人。在这位妇女看来，眼前这位拍照者，是她们村里的常客，还给她们照过相，那照片是她们喜欢的。

我在村子里走动，见到面孔熟悉的人就打招呼。当被我的招呼打得愣怔的人脸上出现疑惑时，我就又会说出前面那些让她们能回忆起来的事情："对的。就是前面那家嫁女儿，有个高个女的挺瘦的，还生了一对双胞胎男孩，我给照过相呢。"这一说，当年在场的女人便笑靥如花。我指得正确，那家的邻居，就是那个瘦女人，确实生了一对双胞胎男孩——也真不易，为与寨人融合能拍到好照片，我说了这么多。在村子里转悠半天，没遇到一个外人。穿着时髦、头发染黄的那些十六七岁的小伙子姑娘，一听口音就知是本地在外打工返乡的；中年人和老年人都穿的本民族服装，很美。他们也不讲究节假日，平常也穿。下地干活还是穿汉装方便。男的小短衫，女的不戴头饰，简单的蓝衣旁襟小袄，发盘成髻。我最爱拍的，是撒尼妇女下地摘菜或者撑一只小舟到湖里捞水草。阳光照耀，湖光闪烁。随便一个镜头，都是风情。我端着相机往前走，边走边拍行人。即使不套近乎，人们也不会反对拍照。男人对我视而不见，女人也只是看我一眼，他们也不好奇，只顾往前走。

路过一个小院子，见一家人坐着小凳子围小饭桌吃饭，两个穿黑皮衣的男人背对我坐着喝酒。我完全没有看清这两个男人的模样，站路边拍老旧房子。这家女人发现了我，向我一招手："过来吃嘛。"两个男人一回头，其中一个站起来叫我。一看是阿蜜诺的爸爸。他笑着，端碗朝我走来，拉我入座。女人拿一副碗筷放在我面前。被熟人拉住，若再推让，就是虚伪了，也辜负了人家的好意。我说我刚吃了一大碗面条。阿蜜诺的爸爸笑说："再吃。"并向我介绍另外男子是他的弟弟。那人斟了大半碗酒给我，见我犹豫，说这酒是他自己酿的包谷酒，放心喝。我见盛装酒的塑料瓶子脏兮兮的，但倒出的酒，却是清亮黏稠挂杯。好酒。我喝了一口。女人盛了一大碗猪肉让我吃。

他说这猪是自家的，吃包谷、木薯、山野菜或水韭菜长壮的。这猪肉闻着也香啊。看桌上的菜有：猪肉炒葱、煮猪五花肉蘸辣子、煮猪骨头、猪肝菜末儿、生猪血、蒸山芋头、清煮南瓜、鸡汤煮藕等。特别是那鲜红的猪血是生的，还有猪肝菜末儿，是将煮熟的猪肝打成了末儿，拌酱油和醋，加山野菜调制，挑一小口，有另一种清香，是我从未吃过的味道。

出小院向前走，过一片油菜花地到湖边。傍一条小山道，过仙人洞桥，再踏山道而行。忽见去年山根下的小路已被水淹没。山根小道的水与湖水连成了一片。这个小路本来只有半米宽的小山道，完全浸没在湖水中了。湖水幽深得令人恐惧。看来今年水势很大，这当然是好事，也说明仙人洞村的水源充足。水清见底，涟涟闪动细碎阳光。我有些踌躇，过不过？水中有一块石头，好像是人有意扔的，我的脚够不着，需迈出很大一步才行。这一步迈得必须准确，正好能踏上这块石头，若是偏了，身子摇晃，完全可能趔趄，失去重心，跌入左边的湖中。这是我最不愿的冒险。回身找来一轻体砖扔到水里，轻体砖触碰水底水泥，顷刻碎了半块，只余半块露出水面。我的企图再度破灭。往回走，又想那边小树林之美好，前年就是在这片小树林坐了半天，看湖景和农人撑小舟捕鱼捞虾。粼粼湖光，映照山峦村庄，很美。

反身站定。将小相机的手绳拴于衣服挂钩，再将大相机装包斜挎身侧，扎好宽板带子，待这一切准备停当，鼓足勇气飞身一跃，准确踩上水中半块砖，再跃跳攀住山崖，双手迅速扳住突出的岩石。身子紧贴崖壁。这一连串动作，是冒险的。我抱住大崖，脚下却是湖水。准备绕崖慢慢移动身体。沉重的大相机包碍住了，小相机也在甩动，怕落水毁机，只好放弃过崖的企图。气馁而返。回头纵身大跳，这次是从高处向下跳，自然跳得准确，步幅也大，一下子到了岸上。内心有失败的感觉。我穿的徒步鞋是半帮的，若是穿去年防水的全高帮，完全可以蹚水而过，当然也是怕水下苔藓滑溜摔倒。不过，对我而言，这种地理环境，却有着诱惑的神秘感。这种喀斯特地貌之岩石特征，有如一个世纪前的探险家描述的那样："岩石被大地覆盖着，大地被植被覆盖着。所到之处，骑马也好，步行也罢，都可以前进，没有必要找路。"我觉得信马由缰的行走，比有着划定区域的行走，也许更有趣味。

我只好沿原路回返，到小房子那里看寨人放在湖里的网罟。阿蜜诺的爸爸从小房子里钻了出来，大声喊我。他要我到仙人洞看看，朝那边一只小舟挥手喊话。然后对我说，你到那边拐弯的小桥下面，他们的船在那边等你。我本想说不进洞了，但无法拒绝阿蜜诺爸爸这番好意。疾步走向小桥，小船已停那里了。我脖子挂大相机，手拿小相机，不方便上船，船工便上岸手扶稳船头，然后撑竿进洞。

船上有四人：一位船工，一位穿着彝服的小姑娘，还有两个小伙子。这两个小伙子大概是外村人。进水洞时我细打量那个小姑娘，那年嫁姑娘时她在场，忙着帮新娘拿着嫁妆，我给阿蜜诺的爸爸寄的照片就有这位姑娘。这次我理直气壮了。我问她认不认识我？她看了看我，摇头说不认识。我又说前年有一家嫁姑娘，其中有一个生了双胞胎的女人，我还给你照过相呢……见效！这个小姑娘立即说那个生了双胞胎的女人是她的姑妈。她好像也认出我就是那年在现场拍照的人，她露出微笑。她问我住谁家，我说住阿蜜诺家。她马上又说阿蜜诺是她的姐姐，阿蜜诺的爸爸是她的舅舅，也是这个仙人洞的“洞长”。我听这个“洞长”，词儿挺新鲜，她便解释说这个有着800米长的大溶洞，是几家承包的，通过选举，她舅舅就成了管理这个洞的“洞长”，也就是负责人。

小船慢悠悠进了洞，也逐渐闷热起来，脊背汗涔涔的。女孩再讲什么我没在意听，只盼快快出洞。水路500米，接下来300米是溶洞土路。女孩开始向两个男孩讲这洞里奇形怪状的石头传说，这些都是蹩脚文人杜撰的。我想快些出洞，这洞闷热难耐。我原本就没打算进这个洞。而且我到哪里，从来都是忌惮进洞的。洞给我的感觉总是与墓穴分不开，人入地下，想象中的鬼魂居于地下：是人入侵了鬼魂地盘，心里总是不大舒服。再说洞里阴气旺盛，我的阳气本来就弱。我无心看洞里的乳石，更无心听小姑娘讲那些乳石的神态像什么动物。就傻傻地走，一不小心，前额被悬垂的乳石重重撞了一下，疼得“哎哟”了一声。小姑娘走过来看我的额头说：“撞得不轻呀，疼吗?”我很快从狼狈中调整过来，说：“没得事，没得事。”小姑娘说我走得太快了一定要小心石头。这个位置也正是低矮之处，石头杂乱，快出洞了，再有几百米就到头了。我心想快点啊，话到嘴边没说出。人家也是好意。也因为这个命名为“仙人洞”的地方，是村子最有标志性的风景地。小姑娘打趣说：“真巧了呀，这个撞你的，是天上下来的仙女，她想留住你呀。”这逗趣的话把我说乐了。我掩饰窘态，放慢步子，全神贯注听她讲千篇一律的“传说”。终于走出洞口，小姑娘从这里上土路，然后要再走几百米，返回仙人洞那边。

我一个人站在洞口，汗被清风吹干，全身沁凉。

细看这洞口，是在大山的另一侧。青石嵯峨，怪岩丛生，罅隙间又生出蓊蓊郁郁的树木、竹篁和杂草等。若不细看，很难看清山石下有洞口。不禁想到古人为避战乱、寻找绝佳之地、陶渊明所撰《桃花源记》那个武陵人所找到的洞口。我恍若看到了那个武陵人乘小舟进入洞里，过湖泊，进入村寨的情形。奇诡的是，洞四周的树木和竹子很高大，根部是从巨大的石砾缝里长出来的。刺儿菜、丝毛飞廉、狗舌草、多裂翅果菊、大丁草等野草和小型灌木也很多。细细看，还有许多我不认识的草本植物，从坡上一直延伸下来。绝然是没有人进入的痕迹。绕山半圈的东北边是湖，山的西南边是黄泥山坡。山坡上有条土路，一头与村子相连，一头直通湖泊与田野。我慢走，试图能找到上山的路。刚刚撞的前额，隐隐疼痛。

沿土路，再向山背阴处即山的东北方向走，见湖水与湖水相衔，土地与土地相连，洁白的芥菜花和金黄的油菜花交相辉映，蜂飞蝶舞，鸟飞雀唱。空气中弥漫淡淡的清香。去年的稻谷秸子也是打成了垛，堆在田里，远看有如小屋子。新翻的土地红润，遗存老牛的蹄印和稻茬儿。泥土的缝隙里，又生出了许多嫩绿的野菜，有荠菜、小荬苦苣、甘菊、蒲儿根等。我第一次来时，和老驴在这块田里采挖了两大塑料袋荠菜，给阿蜜诺家包了一顿荠菜猪肉馅儿饺子。当时没有擀面杖，用啤酒瓶子代替，不得力，累得胳膊发酸，却让阿蜜诺家吃了一顿新鲜的、带有北方风味的荠菜肉馅儿饺子。这里依然有许多野菜，睹景思昔，感慨无限。

时光之快，当年20岁的阿蜜诺，现在已是一个男孩儿的母亲了。阿弟也从一个瘦瘦的阿黑，长成了蓄小胡须的油光满面的小胖子了。而我，还是像过去一样，对这个有着阿诗玛故事的楠密山村，产生着无限的好奇。我想再坐下，望望远近波漾闪烁的湖水，闻闻山上山下花草的清香，听听从身边一掠而过的鸟鸣，看看沾着花粉不停飞舞的蜂蝶。沿田野小路走着、看着、想着，脚踩绵软疏松的土地。远处老牛悠闲吃草，它的主人不知哪里去了，只有它在山根下吃草，肚子溜圆。

这里是盆地，湖多，一块又一块；山多，一座又一座。典型的喀斯特地貌，要是地质学家来这里，定然会欣喜万分。一些山崖，因为陡峭和乱石丛生如刃，至今还没有人登临。忽然想起了彝族撒尼人远古时的一个传说：一位老人行走在天地间，他想到遥远的地方寻找盐巴。走着走着，他迷路了。平坝之上出现了好多山峦，他看见大片的青草像水流一样逶迤远去，有几只白羊在草丛中奔跑跳跃。一会儿，这几只白羊跑到了青石崖，用舌头舔吃石头。这石头能吃吗？老人带着疑惑，跟在白羊的身后看个究竟。老人发现石头上渗出了白白的东西，明白了：这些羊吃的不是石头，而是舔食石岩上沁出的白盐！老人灵机一动，用锹镐敲击岩石，忽然岩石崩裂，一脉水流涌了出来，老人尝一口，咸渍渍的。等水干了些，盐粒也析了出来。找到盐的老人欣喜万分，回到村子里带领寨人到山上采盐，从此过上了幸福的日子。

青岩下的湖面，有白鹭飞起飞落。它们其中的一只，是否就是那位老人的化身？用长焦拉近看，湖边草丛和山崖竹林有群飞群落的小鹎和黄雀。可惜我的镜头无法拍到这些小鸟儿，只能侧耳聆听它们动人的啁啾。走回村子，又遇一户人家在小院子吃饭，他们向我招手，我说吃过了。回到屋子，忽觉头痛腹痛，是不是水土不服的胃出了毛病？头脑昏沉，吃两粒去痛片稍好了些。少顷，胃囊翻涌，一股腥膻之气冲鼻，大口呕吐起来。这一呕吐，肚子空了，刺激了一下，痛状好转。倒床便睡，这一睡可是相当沉实，醒来已是下午3点。阳光依然大亮，让人怀疑时间停止不动了。洗脸。下楼继续到土路旁拍照。

4点钟左右，阿弟问我去不去吃年猪肉，我说有点儿头晕，不去了。阿蜜诺的妈妈问用不用看医生，我说不得事的。回屋搬凳子坐露台看湖景，面前湖光山色，树影婆娑，虽有

山、湖与田地相衔

些晒，却空气清新，我甚至能闻到从湖水里吹来的湿润。5点左右，又到湖边看打鱼人归来。忽然发觉自己并不适合写作，适合当个摄影人，同一个地方，我会反复研究光线带来的不同景象。对于景象而言，人的因素也许更重要。人在其中方能显现生动、活脱。这时，一位穿羊皮背心的老汉悠闲划船到湖心，一直看他消失在远处的粼粼波光里。6点，阳光渐暗，这个时间，正是拍照的最佳时机：光线柔和，侧光逆光效果都好。又拍了将近一个多小时，一些照片需要电脑看才能看出效果。回家时7点多了，阿蜜诺来电话关切地问我吃点什么，我说不想吃，她说是不是不舒服？我说没得事。阿蜜诺说你饿了就叫弟弟做点面条，几点都行。弟弟在楼下，饿了就叫一嗓。但我仍不想吃东西，可能是白天吃生猪肝猪血吃坏了肚子。再晚些时候，阿蜜诺让弟弟来问我是否吃饭。阿蜜诺的关心，让我感动，也让我忧伤。

第四章 以神为邻的山村

我喜欢那些高大威猛、能上树睡觉、引吭高歌的土鸡。

很多时候，我喜欢看它们在乡村土路、田野、湖泊、草丛里边奔跑的情形。我发现一个有趣的现象，村子里的土鸡，每天晚上是蹲在树上睡觉的。我在村子里溜达时，远远就能看见撒尼人家的土屋子旁边的桃树粗壮的枝桠间，“结着”好几只火红或黑花大土鸡。这些大土鸡的爪子粗壮得有如鹰爪，有力抓住枝干，将头插进翅膀里睡觉。一大早，村子里的土鸡，站在树上抻长了脖子，比赛似的鸣唱。叫声有力、绵长、此起彼伏，互应互答。这是一场辉煌绝伦的“鸡鸣交响曲”。听这些大鸡高唱，恍若听见传说的“天鸡”。这些“树上的鸡”还与鸟儿一起争夺叶子或树洞里的虫子。有一只鸟儿从树梢飞起时嘴里叨着一只虫子，树枝上的鸡，则仰头大声鸣叫，仿佛责骂不懂事的野孩子偷掠了本应属于它们的果实。这场景，真切地在眼前上演。而每一家树枝上的土鸡，都展示一种阔绰、一种气势和一种不凡。看来“空中闻天鸡”的描述，是真实存在的。每天我都是在此起彼伏的啼声里醒来。

拉开窗帘，窗外漆黑一片，还有点儿微凉。

裹着被子，趴在被窝里，记录昨天未能记下的事情。那些事情，宛如瞬间消失的梦境。许多暗示性的感知本身，就来自身边的人和事。一些细微，也有着暗示性。比如我从这些“边缘人”的生存状态中，感悟到了自己在城市的生存状态。美国作家凯文·格兰奇在《总有一些东西，我们爱之如生命》中这样说：“这个世界上有两种人，一种人让你的世界更加广阔，让一切都变得可能；另一种人则让你的世界变得越来越小。”说得非常有道理。当下城市生活的“混日子”，简直是在浪费人生。我不知这个村子的人到底在做着什么样的梦，或许他们根本就没有梦。即使有梦，也是透明的，也是带着花草的香气和山水的气息。因为他们平常就与山水共存、与草木共生的。或许，他们也有简单的乡村之梦。简单的，就是实在的、最美的，绝不会是骗人的大而空的梦幻。

在我看来，所谓的美梦要切合实际，起码要与人本来的生活诉求相同。那么，有关细节的辨识和非细节的本能认知，是否就是可靠的、令人激赏的呢？我看未必。梦幻是现实的，也可能有某种预示，也可能是欢喜一场。梦与心态有关，个人的，集体的，都是。简单说，是个人或群体精神的感知体验。奥尔罕·帕慕克说：“做梦的时候，我们以为梦境是真实的。这就是梦的定义。”有时候，我的内心会随着梦的光线变幻，有如呼啸的大风一直飘向冥想的彼岸。梦幻为我的现实划定了一条界线，相互分离又相互联系，从而让各种阴影和真实不停地涌动。我惊诧整个现实世界，已然沉浸在一种迥然不同的差别之中。这个差别，让梦幻与现实的距离，愈来愈远。这是因为人的破坏，让个体与整体人类的梦想，永远存在着差别。

十多年前，我还不知道中国西南仍有如此古朴的村落。进入滇西怒江大峡谷和高黎贡山之前，我仍然生活在一个自以为是的虚伪狂妄的环境里。在我看来，中国的其他地方，特别是经济发达地区，与西南乡村在人文精神传承上，有绝然不同的信仰认知。而在滇西北的怒江大峡谷、高黎贡山以及整个云南少数民族地区，我却时常能听到奔荡天地的诵诗和感恩之音。12年前的一幕，如在眼前：在去往丙中洛的路上，看见人们可以为一座山一座湖长途跋涉。在路上，无论是老人还是孩子，还是中年人、年轻人，都屈膝跪伏、顶礼膜拜。他们目光虔诚，他们的内心崇尚天地神明。而且，他们是要从贡山到丙中洛，再穿越艰难的雪山，到西藏的察瓦龙，然后再走漫漫长路，到达拉萨，朝拜布达拉宫。那里的人群，信奉基督或藏传佛教。他们在环境最恶劣的边缘山谷，生存至今。唱诗祈祷，念佛诵经。从20世纪初，一直平静，少于争斗，与人为善。生活在峡谷或高原的人们，着迷精神和灵魂的感知体验。他们在梦境一样的环境里，休养生息。从而使一个个有着信仰光亮的村寨，把诸多文化记忆保存良好。这样的村庄，宁静、和谐。

天大亮。我拿着相机向小学校方向走，这里相对安静、开阔。小学校前面靠东山有块平整的土地。这块土地仍闲置，有无数黑塑料盆废弃这里。有的成堆，有的还保持一定的距离摆放。用不了多久，就会有人看上这块地盘，用以建楼堂馆所。这是“入侵”乡村的必然。昨天听阿蜜诺的爸爸说，村子里的土地越来越少了，以前每家有七八亩，现在萎缩到了最多人均两三亩。不知如此下去，这种原汁原味儿的景状还能维持多久。村子里许多家搞农家乐发财，人们开始相互攀比。我想用不了多久，民风会有所改变。这一切都是现代利益和现代文明“入侵”造成的。而我最不愿意看到的，是那些与乡村不协调的建筑。

在空地与村寨之间有几座土坯瓦房，墙体土坯和屋顶瓦檐上有闪闪发亮的东西。用大镜头拉近看，竟然是葫芦形状的玻璃瓶，阳光下闪闪发亮。村子里许多家也有这样的葫芦，只不过是陶瓷的。阿蜜诺家三楼露台也用水泥浇铸了一个。八年前我去丘北县，登临文笔塔山，也见类似的宝葫芦瓶铸在塔顶。这是撒尼人生存的图腾。我能想象那古老的传说或故事，比如先祖是从“瓠”中而来，或者远古洪水肆虐之时，硕大的葫芦神灵，救了先祖……

出来已久，便往回走，路过农家小院，见有农具挂墙，还有装着草的两轮木车，那嫩绿的青草还挂着露水，这是昨晚打回来的青草。到村子里另一家，这家有一个很大的院子，靠近山根和湖边，一边旧房一边新房，旧房檐下挂着一个大罐子，是躺着放的，开口朝外，恰好有男人从屋子出来，我上前询问。他说对面新盖楼房太高，也影响老宅，为了避忌讳，用敞口罐子“收一收”，以保主人安康。我问他贵姓，他答姓黄。跟我一个姓。我问他这个村里有多少黄姓，他说有不少，这个村子，张黄是彝族的两大汉姓。他问我住谁家，我说阿蜜诺的父母家，他说与阿蜜诺家是亲戚。我惊讶，这个村子亲戚真不少，几乎人人都沾亲带故。

我与他是本家，要给他一家人照张相。他说只有女儿在家，那个新房子是他女儿的家。这时他女儿听见院子里的说话声，背着孩子出来。他领我到他女儿家的新楼。一层也有

屋顶上的葫芦图腾

厨房和饭厅，还有摆着菜的厨柜，女儿家开农家乐。这个农家乐非常不错，是靠水边的，站楼上可见西边的湖水、田野和山峦。只是这季节无客人来显得冷清。我在旧屋和新屋前为父女俩拍了照片，答应给阿蜜诺的爸爸寄来。从黄家出来，到湖边几个人家，看见这些人家的房屋都是新旧穿插，打乱了原有格局，也许会有民俗学家或如我之游历者惋惜。

但话说回来，总不能让农民一辈子住着土坯房吧。建房可以，但需要有审美观：一色青砖，总比白瓷砖贴墙好吧。我在这里谈审美观，总是给人以“书生论剑”之感。可我又想：农村房屋建设一是太杂乱无章法，二是恶俗无艺术，缺乏专业人士来指导。自然其实就是最好的艺术。丽江、束河、大理古民居，都具有现代感与历史感，或者二者相映，获得良好效果。

边走边看。在内心评点现代与昔日的“建筑艺术”。在湖边一个小院子停下。看有捕捞上来的小虾，在竹篾上晾晒，还有串起来的小鱼挂墙上。路过这里时，差点儿踩踏了晾在地上的小虾。照了几张，便走到了尽头。站湖边望湖里的渔网出神，那些网笼都是以竹竿支撑防止风浪将其掀翻。这些网笼放置一天两天，然后撑船收网，能收获许多小鱼小虾。有机动大竹筏从山根经过，水花很大，看来那边的湖水很深。身边的竹林，有许多鸡毛和碎砖瓦片儿，很不卫生。一家砖楼有三层，临湖而居，却不能把下面垃圾好好清理，若是能打理出小小岸廊，搭个架子再好不过。我看这户人家，绝然是一个风景优美视野开阔的好地方。只是主人不太讲究，把垃圾倾倒在湖边。我见大片竹篁生在湖边，透过竹林看湖水，山影倒映，不闪波浪。这要好好维护，定是一个好居处，却搞得如此狼狈，愧对了山水的赐予。自然明净的山水，与人的心灵相关。自然与心灵达成一致，才是真正的享乐山水。乡居生活也一样，再普通的人，也要讲究环境的整洁、纯净。不要以各种借口，对自然不屑一顾；不要总是埋怨，被一种懒惰，把自己拖到陷阱里去。人生真正的自由，不是身体的，而是心灵的。心灵优游，把一身尘垢涤除干净。

转身回走，拐弯处又见一家房檐挂满了猪肉，这是撒尼人制作腊肉或火腿的必然过程：将肉上抹上一层盐末儿置放阳光下晾晒。待盐沁入肉里，再风干，切之炒菜或蒸食，那肉被盐浸渍，香透表里，非常好吃。

又到一家，这家更为原始，全是土墙坯房。土墙外有硕大的仙人掌，鲜嫩入镜。记得第一次来时，这里到处都是土墙土坯房，现在像这样的土坯房，已然少矣。仅仅几年，一些土坯房就消失不少，取而代之的是白瓷砖房。我所担忧的是：这些土坯房子，再过几年是否会消失？我所拍摄到的锄铧、耒耜、犁耙、鸡笼、背篓、粪筐、网罟、播种竹器，是否还能存在？这些原始农具都用得老旧了，有的耙犁秃得不成样子，以草绳缚捆才不至脱落。但在这个到处是山的山地田野，恰恰这些农具在这里最能用得上。这里山水相连，土地面积被湖水分割，无法大面积机器作业，全凭牛犁地人耕种。用则存，不用则废，如此才得以让这些原始农具保存下来。内地农业因土地广阔，必须大面积机械耕作，也导致原始农具消失。这是现代科技战胜古老耕种技术的结果。但要因地而论，若按博弈结果而论，这个地方不适合现代化机器作业，因此也不能以谁先进谁落后来判定农业的先进或落后。

在一个科技高度发展的时代，古老传统朴拙之美，反倒稀缺。这种稀缺，或将成为珍存，留给记忆。我所在意的，是多了解一些撒尼人过去的劳动和生活影像。这是文化的根本。

石雕怪兽是村子里的神灵，就在西边离村子不远的山根下。茂盛的竹林，山径通幽。那几个石雕大兽，是山之神灵。堵在了路口和通往山中的几个分岔小路，是不是要让人们在进山之前朝拜这些神秘的精灵？我很想看到在幽静深处还会有什么样的灵物。仙境、神境，或者不为外界所知的圣境？第一次来村子时，阿蜜诺带我来过这里。像这些石雕，云南其他地方也有。但这里绝对一流。这些石雕，都是根据民间神话来完成的，呈扇形排开。外围的有：水神，火神，风神，雨神，雷电之神。居中的大兽：大环眼、大嘴巴、大牙齿，额际有太阳和月亮的图案，头上毛刺如太阳月亮的光芒。我判断是日月之神。在日月之神的前面，是虎狮神兽，以及居于一侧的牛神。我想象这个民族曾有的图腾，是撒尼崇拜的天地自然诸神。动物之神所列两种，一是勇敢的虎狮；二是勤劳吃苦的水牛之神。

撒尼人认为，远古时期的祖先，就是超凡于天地众生的英雄。这些英雄，是彝族之撒尼人生存条件的开创者。比如《勒俄特依》中的支格阿龙就是这样的英雄，他射下了天空多

水神　雨神　火神

风神　雷电之神　日月之神

虎狮神兽

余的太阳——与后弈射日传说类似——使万物生长，他把大树一样粗的毒蛇打成草木般的细，把米囤一样的蛤蟆打成巴掌大小……从这些个有着神性的传说中，可以看出撒尼人的祖先同恶劣环境顽强抗争的历程，对超自然力的幻想，奠定了勇敢的彝族撒尼英雄之精神征象。图腾崇拜，也大都是威武的虎或鹰等。这些动物，是能克制邪魔的“英雄”化身。

以神为邻，敬仰天地，是山村至高无上的承诺。撒尼族民间文学以丰富的想象，引人入胜。撒尼民间故事创造了半神半人的英雄支格阿龙，力大无穷的惹地所夫，本领非凡的九兄弟，对爱情忠贞不渝、对压迫誓死不从的山村姑娘，机智幽默、敢于蔑视土司老爷的错尔木呷、罗牧阿智，勤劳的蚂蚁，等等。这些人物形象丰满，气质各异，很有趣味性，是山野原生态生活之本质性存在。太阳月亮之神，是民族赖以生存的根本。太阳神把阳刚之勇给了撒尼男人，月亮神把阴柔之美给了撒尼女人。这些石雕本身有象征意义，也是撒尼传说中的诸神：天神，地神，日月神，雷神，雨神，风神，山神，水神等。撒尼人信奉万物有灵，仙人洞村子一年中许多节日都与神灵和自然有着密切联系。

还有树神，撒尼人是从山林走出的民族，他们对树木有着特殊的情感。村寨里除了一棵供全村人祭祀的枝叶茂盛的树神——龙树，在山中密林里，每家每户还有一棵“密枝树”，也就是“龙树”。每年都要祭密枝（祭龙）。密枝林里，一根根刻得夸张的木雕，突出反映了撒尼人的生殖崇拜：木雕上一对交合的男女动作形图。还有象征交合的石磨盘，就是撒尼人顶礼膜拜始祖。密枝节这天，全村子的人依次到山崖祭祀一个形似人的“石娃娃”。在仙人洞村子的山根，有酷似女阴的石缝和男根的石笋，本村青年男女恋爱或结婚时，都要来这里祭拜。邻近村寨的人，也时常来洞中烧香求子嗣。

神灵是一个民族的精神隐喻。

它在众生的内心，完成着神圣的信仰，确定传统价值之意义取向。山水圣神的喻象背后，是神的至高、灵的至上，是有别于俗世的精神品质的存在。这些都蕴含在石头、土地、流水、绿叶、花草、树木、建筑环境、光影、声音、气息以及随时拂掠过的微风之中。通过这些自然元素的介入，让生命元素与天然接近。那么，我所认知的自然规则，一定是有着秩序的存在。在艺术家眼里，是艺术化了的自然主义。现在，花草树木被清风吹得飒飒作响，声音真切又趋近本质。在这里，我甚至能感受一种民族民间古老文化的吹拂，而非被现代快速信息摧残的无奈。仰望伟岸的大竹和拔地而起的山峦，特别是嶙峋峥嵘的山崖，如同天外遗物般伫立，也让疲累的灵魂得以安宁。这里，没有那么多的俗相，即便是杂草，也历经沧桑，能与瞬间来临的风雨，始终虬劲地保持着威武不屈的生命姿态。

我走着，像作家司汤达那样“一面沿途携带的镜子”，在自然的光芒中行走，自己也成了自然的元素。我与大地一起承受光明和黑暗。我与草木一起，升起内心的曙光，让神性的天地拥抱。我欣慰自己没有听从某些指定性的玩法，而是独自来这里寻找“原象”的乡村。我知道当这里又要成为某些利益集团猎异之地时，就会以极速的力量改变、堕落乃至消亡。到那时，我不会再为这里多费一分钱的探寻。我需要的是“自然中心主义”对我行走的验证；我需要的是原象的“大乡村”意境对我文字的浸润。我所要感受的，亦非一般的摆设文化，而是不动声色、却能让我感动的自然大境之大灵魂的存在。它不分区域的大小，要看它承载的人文含量。丘北普者黑地区我多次来访，不能不令我相信：生命中隐隐存在的，是一种神性的光亮，它无时无刻不在引领我的脚步。

中午，阿蜜诺的妈妈做了四个菜，招待两个为仙人洞挂彩旗的外村父子。两个人都很拘谨，光吃饭，不说话，阿蜜诺爸爸给每人开了一瓶啤酒。菜有大碗猪头肉、清炒菜薹、炒火腿、炒鸡蛋、炖牛肉。在餐棚子里吃。阿蜜诺父亲与外村父子很熟，吃饭时闲谈着，还时不时笑两声。阿蜜诺的爸爸说外村人来仙人洞村，谁家活干不完，他们也热心帮着干。我前两次来村寨时，也试图帮老年人干些活计，却被他们拒绝了。不是他们信不过我，而是怕我累着。他们把我当作了上宾。我在内心赞叹这里人与人之间的关系、感动他们对待“外来人”的热情。

吃完上楼休息。坐在露台，看湖面上白鹭起起落落，那白白的几只，能在飞翔时发现小鱼小虾，然后瞬间俯冲，低掠水面，在触碰水面的一瞬间，尖喙快速准确掠走目标并在空中吃掉。有的白鹭立在草滩不动，但叨食速度的快捷，是我意想不到的。我用长镜拉近了看，看清它黄黄的眼睛，神态警觉，绝对是一个丛林深处合格的侦察兵。草滩有一点儿动静，比如小泥蟹从泥里钻出来或小鱼儿游动至浅水，它会立即以迅雷般的速度捕获。我还看见一只小翠鸟儿高高蹲在一块岩石上监视水面，一旦看见小鱼游动，一个俯冲直入水底，准确将小鱼擒获，啄食吞下，速度之快令人惊叹。那种快速反应，只能用现代战争的制导来形容它。

看得出神，忘了拍照。忽然发现湖边有一个穿红装戴布帽的少妇撑小舟在捞水草。从湖里捞出的宽长水草叫水韭菜，根白叶嫩，炒鸡蛋吃香气浓郁。水韭菜的老叶子用粉碎机打碎喂猪喂鹅鸭，或者直接喂牛，是上等的饲料。冬天湖泊里，满是这种水韭菜，整个一个绿色食品库。撒尼人冬天也不怕没有饲料，采割水韭菜喂猪，猪长膘儿。我站在露台拍女人采割水韭菜——角度有问题，有堤坝高大的杂草遮挡了镜头。我下楼跑进菜地田埂上拍，仍有长苇草挡着镜头。为了能拍到好角度，转身进入隔壁一家，登上梯子到大露台那里。这次角度不错，视野开阔，光线正好。这里一切皆为风景，人们稍不留意便成为与风景相融的元素。眼前这位捞水韭菜的少妇，红袄，黑裤，绣花头饰。手执一根长镰站在船上，长镰伸到湖里，一伸一钩一串水花儿，然后就看见她从水里提捞大堆长长水韭菜，慢慢一提，放进船舱。一会儿船舱就堆满了嫩绿的水韭菜。

从相机里看到的画面色调绚美：蓝湖。红袄黑裤的少妇。船舱内堆高的绿草。三原色让一个画面充满了美感和灵动感。我赞叹这“天地大画布”带来的艺术效果。这种乡野原汁原味儿的艺术，在高楼林立的北方大都市哪能见得到？我左右走动，转换角度拍摄，可惜老相机速度太慢，连拍速度每秒三张。直到捞水韭菜少妇撑船漂远。我相信刚刚这个图景，定有好照片产生。这块水域每天都有好景致：打鱼归来的、撑舟出发的、扛着锄头站在小舟到湖那边田野劳动的，也有用船载只小狗到对岸村寨串亲戚的。都很唯美。

天热了，我穿的衣服多了。再下楼时，就干脆只穿一件单裤，上身着半袖短衫。向仙人洞方向走。那儿有两个孩子与坐在地上放牛的老奶奶玩耍。阳光暖身，树影婆娑；俊鸟起舞，清风吹拂。我站路边，先用相机选取一片有光源的地方，比如从屋子顶部漏泻的一大片光。这一大片光，正好洒在屋子与屋子缝隙处。这个有着亮光的缝隙正好有农人经过，赶紧揿动快门，用高速连拍，保证能抓到难得的镜头。在野外拍运动的人或动物，我常要设置“快门优先”格式，抢到什么就是什么，往往“抢到的”出乎我的意料，很美，也很独特。拍着拍着，突然觉得这个有着“光的空间”多么像小说里预留的一个片段。不同的运动着的物体，进入到这个光的空间里，占有不同量的光，凸现出了物体的形状。我将一些人或家畜

在湖上打捞水韭菜的妇女

等摄入进来。这是用“守株待兔”手段获得的影像，还算不错。

快步到湖边，阿蜜诺的爸爸将长幅广告拉在了两棵树之间。红色的稠布绷得紧，风一吹就发出嘭嘭啪啪声，两株小树摇晃倾斜，有如拉不动犁的小牛犊，摇摇晃晃，欲坠欲倒。中午吃饭的父子俩正坐在小拖拉车上准备离开，我与他们打招呼，走向昨天那个被水淹没了路的山根，看看水退消了没有。其实我的想法愚蠢可笑，要有多少天、多么大的干燥，才能让湖水退消10厘米？果然无一丝退消的痕迹。还有昨天我扔的那半块空心砖在水里泡着。这时我突然勇气倍增，毫不犹豫跳过去，并身手敏捷地攀上了石壁，然后攀爬足有3米高、山岩嶙峋处的一个洞穴，身子探进洞穴大半，想看个究竟。这洞穴悬于半壁，说不定里面会有什么，还是安分点儿好些。想到此，便将身子紧贴山崖，再次小心检查身上两个相机是否背挂安全，然后手扳住山崖突出部，腿脚灵活踩着石崖，翻越过去。

这情境，让我想到当年阿黑阿诗玛战胜热布巴拉家后，阿诗玛最后进入岩洞，身子贴在石崖上下不来的情景。这段神奇描述里的岩石，与现在这座山的石崖非常相似或吻合。难道我进入了神话传说吗？也就是说：此处喀斯特山峦的描写，比如水塘、平坝、松林、低山、丘陵、岩溶裸露出来的青石等记述，都很神似。也由此让我对阿诗玛传说的诞生地深信不疑。而且在我看来，自然环境产生神话传说，也必然是民间向往的梦境。事实上，整个云南地区，流传最为广泛、最能深入人心灵的，就是阿诗玛的传说。阿诗玛不再局限于一个民族的女神形象，更作为民间强大的精神符号，已然深入到了整个民族的灵魂中……

我手攀青石，想到了故事中的情节。那些描写，绝非巧合。我在山峦与村寨中体验故事的角色，品咂历史传说的美好。敛气静心在崖上走，转过山的另侧。这片湖水很浅，水面高出路基几厘米。攀崖过壁，再放脚就顺利多了。那边是田地，新翻的泥土有残存的油菜、芥菜和野菜杂草。有一片桉树林在山根下静立，树下堆积着木柴垛。田地水渠引到山根。水从湖边引来，成群结队的小鱼小虾游动，快似光闪，把倒映在水里的云朵弄成了丝丝棉线。我的影子一靠近，它们便飞速逃离。想起前几年写的“抛筐获鱼”的故事，估计这里昔时也肯定是一个风光秀丽的自然情境。除了这里，哪里还有呢？沿田埂行，山石里有大丛竹子被高处的风吹得劲力勃发，有如旗帜，哗哗作响，十分威武。这丛竹子好像是山阳山阴的分界，我分明看见一侧明亮，一侧阴郁。我就是从有阳光的这一侧，到没有阳光的阴影那边。在踏入阴郁一侧时，有风吹起，冷瑟激凌、阴森恐怖。这风好像是从身边的湖水起来的。

有些惊悚，头皮发麻。正在这时，左岸湖的对面，突然传来了几声稚嫩的、脆生生的小狗吠叫声。定睛一望，原来是一座孤零零的小石屋子，屋子前有一只不大的小黄狗，正朝我这边吠叫。原来小黄狗在湖那边看见了我，或者听见我向这边走来。这狗儿不大，却忠实履行它的义务。一位老人从小屋出来，小黄狗见到主人，叫得更凶了。老人用脚捅了捅小黄狗，叫它不要叫。这小东西立即噤了声。这位老人就是昨天我用大相机拍到的独自撑船消失山后的老人。他穿着白羊皮背心，头戴毡帽，面容黝黑，身坚骨瘦。

这是隐者！小石屋子孤零零的，只有小狗陪伴。周围树木映现湖水，构成了一幅绝妙的世外画卷。我离老人和狗很远，看不清老人表情。只看见他转身进了屋子，小黄狗屁颠颠跟了进去。观者的我，与隐者、小狗，达成了默契。如此画面，好美。我能想象小屋子四面环水的感觉，天光照映湖面，也照映小屋子和周围的树。小船儿静泊，似乎随便一摆，就能上天入地。我很想能得到这样的一个小屋子。“除了我这样得到的闲暇、独立和健康，我还有一座安乐的房屋，我爱住多久，就住多久。”想起了梭罗在《瓦尔登湖》里的一句话，非常贴合眼前这位老人的情境。看来，这位老人才是天地之畔真正的潇洒渔人。

孤独于山水间的小房子

大镜头发挥了长处。透过镜头，我看小房子外的墙根有一只炉灶、一只煮锅。还有两只大篾箩，晾晒小鱼虾。那炉灶经常做饭烧火，将墙面熏出了一条黑色痕迹。我能想象老人打鱼归来烹鱼煮食的情景。这是一座孤独者的小屋，从这个屋内，从这座山峦间望出去的，是一览无余的湖水和山峦。还能望见微风吹开湖水，把一池月光吹得哗哗响的景象。我把老人的行为置换成了我的行为。夜晚，我在湖边小酌一杯，煮一杯香茗，听鸟儿的啁啾。或者，慵读一卷诗书。白天，舒展筋骨，解缆摇桨，摆渡小舟、打捞水草、下网捕鱼；若是下雨，就披上蓑衣，以舟为岸，到湖心垂钓；天晴了，就撑篙而渡，尽情放逐身心。我的身体，即便再怎么动作频繁，也不会蒙太多灰尘；我的心灵，即便再遇到险阻艰难，也不会被恶俗的世界碰撞得伤痕累累。我的生活，不必奢侈，健康就好；我吃简单的食物，过简单的生活，简单思考一些问题。我在一个世外桃源般的世界，躲避外界诸多烦恼，始终保持健康的体力和旺盛的精力。我在这里啊，过着隐士般的生活，宁静地活过一生。

第五章 鱼的脚印

山阴在眼前。站在一块大石崖望下面的稻田，稻茬还在，田畦十分整齐。稻田小埂，即是小路，有些泥泞。踩在上面，很容易滑进水里。干脆踏山石走。前面不远有石崖凹洼，如太师大椅，刚好容纳整个身子，好像特意为我准备的，坐下感觉恰好容纳臀部，将一些长草铺在里面，很是舒服。也许这里有人坐过？但并未发现什么痕迹。连周围草丛都是疯长的。即使有人坐，也绝不会是游客，也不是农人。我不经意地隔湖看远处的山，不看则已，一看吓了一跳：湖的彼岸，有一只伏卧的老虎，正用慵懒的目光看着我！只见它身子丰硕，头颅昂扬，体形硕大。天光云影漫过，更显威武——这是一座形似老虎的山峦。不仅神似，它身上发黄的草也十分像虎的皮皱。不仅应验了撒尼人对于“虎图腾”的传说，也再现了史诗《梅葛》中有关彝族之撒尼人的部落是“虎”之起源说。

撒尼人的传说众多。日月星辰生成的神话，是撒尼人的精神想象和理想境界。山川风物、节日习俗、饮食服饰、文字乐器，直至飞禽走兽，往往都赋予它一个美丽动人的故事。如果说神话中的想象，是出于认识自然的愿望的话，传说和故事中的想象，无疑是作为一种精神的符号，以增加神秘诡谲的地域文化色彩。细看村子周围的山，个个都是野兽。我看这虎山的尾部，也是青岩起伏。此地风水，不同凡响。虎卧湖畔，天光洒落，给它披上一层神秘光束，如同舞台射灯照彻的效果，令我惊叹。几只白鹭从“虎头”一掠而过，向远方飞去。一些黄雀，也在天空窜跃飞向远方。坐了一会儿，站起看湖的清澈，湖里竟也有大石盘卧，宛如巨兽，阴森可怖。湖水很深，起码有两米多。再看湖边小块稻田，去年割下的稻茬还在。大石向前延伸，与湿地相接，山石、茅草、大竹、桉树列于一侧。陡峭的山体，是不容进入的巨大屏障，加之刚刚看到有老人住的茅草屋子，绝对是一个僻幽之地。我判断：能在这里住得下的人，也绝非凡人。面前湖水，时光闪烁，亮暗分明。这一枚硕大的镜子啊，你扔多少块石头，都敲不碎它。它把所有的桨声和渔火，都收纳了进去。倥偬纷扰的人世间多少不堪回首的往事，在这里也会变成尘泥！

虎形的山

时间不早了，想继续向山的那边走，又恐迷失方向。想看日落山后的湖水之映，便转身从刚才的水渠走向空地。

一位黑瘦老汉正挥动镰刀，收割湖边生出的油菜花，身旁放着一个竹篓。我上前搭话。问他割油菜花做什么，他说："喂猪、喂人。"我被老汉的话逗乐了。问他这么多要吃几天，他说："只吃一次。人和猪同吃。"我明白了，老的菜茎菜秆用粉碎机打碎了给猪吃，嫩的当作菜炒给自己吃。老汉和气，愿意和我聊天。我问他贵姓，他没听懂。我说："你姓什么？"他说姓黄。我说巧了，一家人！便掏出身份证给他看我的姓名。他笑了，说："你回去坐我的船吧。"我正有此意。泊在湖畔的小船，阳光下像一枚细长的芭蕉叶子漂在水面。我为他捡拾割下的油菜往背筐里放。然后背起菜筐，向小船那边走。他说太重了，抬吧。我就和他一起抬着筐，慢慢向小船那边走。我将菜筐放进船舱。他跳上船，用力将船撑稳，靠紧田埂不动。我颤颤地踏上船慢慢坐下，他示意我船里有一个干净的编织袋，让我垫在身下。

他解开缆绳，掉转船头向村子方向摆渡。湖水逐渐由浅透变成幽绿，这是一座大湖，与村庄相连。我这时竟不敢看湖。湖水愈来愈绿，绿得可怕，我投在湖水里的倒影，有种怪兽的感觉。随小船行进，一会儿便驶进了山的阴影里，那山影被湖水荡漾，噬人般可怖。我心想，这要落水或船漏了可咋办？但见老汉一声不吭划船。船体因我的体重有下坠感。我分明看见船的吃水线很高了，高得湖水要进船里了。小船漂泊，天光云影。成群的小鱼儿飞似的流窜，青脊闪烁。山和树倒映湖水，鱼的影子叠在山峦和树枝之上，玄妙得有如树叶。山形连绵，每座山都有鱼的脚印。忽又觉得那幽深之水映照的岸畔仙境般迷人醉人。小船把山影树影荡碎，水面形成的长长波纹，将天光、云影、山影和树影混合一起，成

到湖对岸的田野割菜的老汉

一幅绝妙的流线状的印象派画作。我进入了秘境，真的想这样漂泊下去……

湖心深处，小船漂泊。青黛色山峦倒映水里，叠映出奇幻的光芒。大群闪动鳞光的鱼儿，从身边游过。它们一会儿登上了山顶，一会儿又飘进了天空，一会儿又钻进了我的身体里，一会儿又长在了我的头发上。光线杂乱，水草婆娑，树木和白云缠在了一起……美得荡气回肠，噬魂啮魄。我真的希望这样漂泊下去，一直漂到远天之上。我分不清哪儿是天哪儿是湖了。我神情恍惚，被一朵云团带走了，被一片蝴蝶带走了，被一群山鸟儿带走了。仿佛进入到一个旋转了的魔幻世界。而在天空之上，闪烁的却是无数个黑鱼的鳍背……我在这山水之间游荡，好像隐者，被山峦、溪湖、植物、草木、鸟雀和昆虫召唤邀请，到它们的中间去，倾听湖水的涌动，感受流动的植物影像里蕴藏的雷电、清风和雨水。我在梦境里行走。恍兮、惚兮。我想起约翰·缪尔在《夏日走过山间》里有这样的一段——

> 森林，还有湖泊、草地和快活歌唱的溪流也似乎非常熟稔，似乎亲密无间。我愿意永远生活在它们之间。在这里，只要有面包和水，我就能心满意足了。即使不允许我漫游或者攀登，而是将我绑在哪片草坪或者树丛间的

树桩或者树枝上，我也能永远感到满足。每天沐浴在这样的美景下，观看群山变幻无穷的表情，欣赏低地人永远梦想不到的闪烁星斗，体味四季的轮回变换，倾听水、风和鸟儿的歌声，那陶然之乐是无涯无际的。

孤独的隐者，又何尝不是一种幸福呢？如住在湖边之上那位老人和他的小狗儿。以神为邻，是我梦寐以求的；以神为尊，是我所应奉行的。我游荡湖水中，感受着天之寥廓，地之邈远，也感受着类似的命运之漂泊不定。在湖天之间，只有漂泊的桨声和软羽掠飞的声响，听不见任何喷着唾沫的吵嚷，看不见任何熙熙攘攘的脚步。山和水，都是静观大千世界的佛陀。我甚至想，只要能让我在这里生活，随便干什么，我都愿意。这是真的，我愿意过着自给自足的生活。我会在这里研究植物、动物和虫豸，甚至石头，也会是我感兴趣的对象。

小船儿游荡到岸。老汉将船用绳子固好，背起筐篓踏田埂贴山根向家的方向走。走石阶，步仄径。曲折湖岸，蜿蜒山道，是他回家的路。我和他一边走一边聊天。他指了指山根处的一块地，说这是他的地，非常“薄”的一块地。还有一块祖上的地，打了地基想建房。刚起了地基，政府就不让建了，说不得乱建。只好先搁着。“这是祖宅的地呀，为什么不让建?”老汉一边走一边唠叨。到了他家小院子，土坯房比先前看的还要原始。那块打了地基不让建的房基地，就在土房前面，现已成了一块废弃的地基。上面堆满了木板、砖头和垃圾。我有意多看看。小院子杂乱，农具到处都是，小狗儿追着小鸡乱跑。他的两个儿子在小院子里，一个正在摘渔网里的小鱼，一个站院子悠闲地望着天吸烟。见我来，不打招呼，不说话，却有敌视的目光。我与他们搭话，他们也不吭声。也许是防备外来的生人?老人却格外热情，将我领入厅堂，指着供奉的黄氏祖先的灵位，历数祖先的姓名一直到他这辈儿。我看与阿蜜诺家一样的“天地君亲师”位，灵位上一炷香在燃，轻烟缭绕，香气满室。

老汉让我在他家吃饭。我道谢，说不了。送我出来时，老汉又说要我在他家吃饭，和他喝两杯。他的那个摘鱼的儿子生气地喝住了他，让他别说了。我感到老汉儿子目光中的敌意。赶快告别老汉，感觉自己就像瘟神一样冲犯了黄老汉的儿子。黄老汉愣愣地站在院子看我走远。我有种愧疚感：要不是他儿子撵客拒绝，我还真的想与这本家老汉聊聊，说不定还要帮他一帮，但又生怕自己多停留一分钟会给老汉家人造成更大误解。在我以往的行走经验里，在少数民族地区，一些所谓的误解，最好不要解释。但必须表现出没有恶意的淡定。心里没鬼、不害人，就什么都不怕。我不回头，别无选择地走。解释是没有用的。刚刚看到老汉家不能建的房基，就觉得可能有什么事情让老汉的儿子愤怒了。我在这个村子受到仇视可是第一次。

我心情郁郁地回到了阿蜜诺家。

一会儿，阿蜜诺的爸爸在楼下喊我，要我跟他到一家亲友那里吃酒。我说不去了。他说那就在家里吃点吧。看着阿蜜诺的爸爸走了，我又很后悔，真想跟他一起去那户人家。最好多喝点儿，毫无顾忌说些话儿，听听村子里的农民都说些什么，想些什么。我呆坐屋里，百无聊赖，将相机的照片导入电脑。一会儿便听阿蜜诺的妈妈喊我吃饭。她为我做了两个菜：土鸡肉汤，油菜炒火腿。还有米饭。我吃了两碗米饭，将鸡肉吃干净，将一碗鸡汤泡饭吃，另一盘菜也被我连同汤汁倒进饭里吃尽，饕餮的速度，连我自己也惊奇。

吃完饭，站村路看一些鸡鸭自由自在归家。百无聊赖地看着路上一些吃过酒的人慢慢走着，他们的脸上，都现出惬意满足的神态。在这个村子里，我没有看见酗酒者，也没有听见大声叫嚷的人。在喝酒上，撒尼人的酒量惊人，但决不闹腾。喝酒，是他们的生活常态。一个农妇，长得高大、丰满，透过降临的暮色，也能看得出她的脸膛因饮酒而绯红。还有一位老人，赶着一头水牛，慢慢地走。那牛有时候停住吃路边的青草，他也不急，停下来，抽袋烟。

黑夜的乡村，神秘悄然降临。倒卧床榻，听窗外风声。沉梦中我听见了隆隆雷声，似一队闪奔的车影，又似一群纵蹄驰骋的马匹。忽然想起那只漂泊大海之上的老虎。想起了树叶般的小船。我看见了蓝色大水漫过了那个少年。少年的面孔在大海的波涛里穿行。那个少年就是当年的我，当年的我就是现在的我。盛大的鱼群游过山村，游进我的身体。我变成了水草，随湖水波荡；我变成了云朵，随水光闪动……我完全被一些杂乱的水光灌满了、胀破了。我完全被山影遮盖了、淹没了。我完全被天空闪动的鱼群穿透了、占满了。我的内心有如山壑，被一些花香填满。我感觉天边飞旋的闪电，鳞片一样切开了夜幕。这突如其来的狂风骤雨，在天边扩展、荡涌、吹拂。无数个小兽，脚趾灵动，从窗前蹑手蹑脚，疾速跑过……

凌晨3时，起床喝水。拉开窗子，看外面有没有月光。看不见月亮，只有无边的寂静，如一潭湖水。清风吹进来了，有些冷。披衣到露台。天仍是阴郁。远处山寨与近处村庄也是一片漆黑和阒寂。雨是子夜下的。使劲儿吸吮，感觉空气湿润。肺部有草木气息，空气绝佳，就连睡梦也能闻到花香。开窗睡觉，感受被无边草木气息包裹的美好。这气息也是记忆的气息。我内心说：你这多愁善感的人哪，是什么令你伤感？面对纯美的自然，似乎永远也长不大。天凉，夜寒，露台不能久待。其实我要想的事和要思虑的问题还有好多，就是想它几天几夜，也想不完。回屋再睡，又恐再梦那些俗世之恶。看来我离“隐士”还相差甚远，总是不能去除那些芜杂之事。我感觉到了自己作为体验者本身的无奈。

天亮了。出门。见有老妇背着小孙子清扫村子土路。阳光从屋檐顶斜射而下，将老人孩子映照成一幅生动的剪影。小孙子在奶奶背上随劳动的步子晃动，小眼睛不时眨巴着。这细节不错。我站在离她们有十几米远的路边拍照。向小学校方向慢走。步子有些懒散。过小学校路口，向东过山之垭口土路，不时有农用车从身边经过。这里所谓的“垭口”，是我为之命名的。即两山之间相隔仅有10米左右的距离。山体与山体之间的路口，分出了村里和村外。站在垭口，看田垅和水泽闪烁着奇异的光芒，把天地照得金灼灼一片。

遇大石卧田野，周围生有杂树大草。这些喀斯特地貌的大石，如布局的棋子。村后幽静，少有人走。一条土路，连接村与村的距离，也似一个大大的环。这条土路比较宽敞，铺着石子，脚踩上面发出沙沙的声响。高大的桉树，生在路边。我顺这条路向远方望，有村庄被裹罩在山影下。另一条比较窄，有些泥泞，直接拐入田野，再由田野延伸山根下。环山而走，也是仙人洞村的东北山后方向。估计这条路能一直绕山过来，最后回到村子。我选择了第一条路。顺这条路走，看闪光的湖泊和平整的稻田。特别是路两边刚翻过的泥土，有的干燥，有的潮湿，麦茬和杂草从泥土中钻出，呈现生机勃勃的景象。

路两边田野和水泽有许多白鹭，或静立，或觅食，警觉性很高，我稍一前走，它们便飞到更远的地方。拿大镜头拉近，也只能看见它们隐在大草或土坝身后的点点白影。距离太远，中间又有草遮挡，无法拍清楚。我告诉好友钟，这里鸟儿很多。他回复让我拍几只给他看看。我的镜头焦段不够咋拍？我曾经向他和鸟人薛讲过，同一种鸟儿不是拍过了就不拍了，要拍生动，比如觅食、飞翔、嬉戏、哺育后代等。水里的、树上的、天上的，都可拍。拍鸟不是记录标本。

身边不时惊起一些鸟儿，扑棱棱窜飞。有的离我很近，就在我脚下几米距离。是我的走路拖沓声惊扰了它们。白鹭对陌生人警惕性高，路过的农人或正在干活的农人，它们绝对不怕。即便是近距离也不躲避，它们已经熟悉了。还有耕牛，我看到有白鹭站在牛背上，牛的四周，有不少白鹭围着，仿佛玩闹。我一出现，就让它们惊起而逃，还是老远的距离。怎样才能接近它们呢？我拿了个白色炮筒子瞄准鸟儿，鸟儿每听见咔嚓咔嚓，便惊起飞走。我佩服它们连拍照声也听得清楚。这些鸟儿，不光是视觉锐利，听觉也是一流。人的耳

早晨清扫的老人

朵比鸟的耳朵大，却不能如鸟儿听得高远。鸟儿在万米高空也能看到地面，甚至空中疾掠飞翔时，也能发现地面或卧在树叶间的昆虫。这眼力非同一般。除了白鹭，还有山雀和不知名儿的小鸟。每座山每棵树每块大石缝隙，都是鸟儿的家；每座湖水、每片草丛、每丛竹篁，都有鸟儿起落。在这里的鸟儿，绝然不会出现食物匮缺之忧，到处都是美餐：虫子，草籽，遗落在水田里的稻粒儿，水泽里的小蚌和蛳螺，应有尽有。还有松鼠们，它们可以随时从一座小山到另一座小山，攀上松树，吃松塔里的松子。还有其他树果儿。有时候它们高兴了，还会去抓一两条小银鱼吃鲜，从来不会出现肠胃问题。

顺土路慢走，阳光静洒。身子微热，轻汗浸出。放小步幅，看水泽里映耀天光云影山的轮廓，感觉融进了一面硕大的镜子。我和万物都被天地两张巨大的镜子照耀着。这里是绝好的摄影之地，竟无一人来拍照。我暗自庆幸自己，“江山本无常主，见者即是主人”，忽然想起苏东坡的一句充满哲思的话。现在，我一个人欣赏大地景致：圆形山峦一座接一座，湖水和长满了苇草的浅滩，也不时映现。鸟儿高声鸣唱。我感觉好像在天上走着。

前面来了一位撒尼妇女，站在路边看我拍照。我问她是哪个村子的，她说是仙人洞村的，一会儿，有一辆小面包车迎面而来，她一招手，车停下，她上车。我继续往前走，见叉路横断了面前的路。再看有石碑立路边，写着《农田基本管理细则》。我在水田和山峦土路上，总能随时发现自然诸多生趣。到了一片松树林，忽听有马铃铛响，有一人赶马车迎面奔来，是往仙人洞村子去的。这人是昨天在仙人洞村口见过的拉游客车夫。他戴着鸭舌帽，向我一笑，问我去哪里，我说到前面村子。他说是小坡地村，打马而去。目送这个马车走远，我想这农民也是有头脑的，在开发了的邻村当个车夫，也挣点儿钱。再往前走，看见大片油菜花开得金黄。今年种植油菜明显减少。农村的作物种得少，很大原因是政府收购价降低，干脆种谷稻和圆白菜。那一片圆白菜地里有父女俩正在浇灌。每人手里拿着一根水管。我问那男人水从哪里引来，他手向后一指，那边有井泵。他女儿好像是中学生，满脸不高兴，还有些愣神儿。也难怪，这个年龄的女孩哪个不爱玩？城市孩子早就穿着时髦逛商场玩派对了，哪还有十五六岁女孩子帮父亲浇地干农活儿？

拍了一张父女浇地的照片，继续向村子方向走。有一年轻农民赶着水牛牧放，水牛好像一下子看见了什么，撒蹄就跑，横着方向往菜地里跑，那汉子紧跑上前拉牛脖上的绳子也没拉住，牛挣脱跑进桉树林。那里有几座坟墓，有农民割草。我意识到，可能是牛见了我而突然逃遁。便问汉子，汉

赶牛车

子说这头牛本来就不太听话，就远远站在那里看牛在树林里吃草。估计他是等我离开后再去牵牛的。我知趣地走向村子里去。这一个村子依然有旧屋，都是土坯房。靠近土路外墙体上有细小的洞穴，几只小麻雀探头探脑，非常有趣。我用大相机拍，刚举起相机，雀儿就飞了。走进村子，田里有农人干活，大都洗菜、洗衣服、劈柴。

快走到村头，见有一堆废木材堆在路上。一中年汉子站在那里冲我微笑。我与他打个招呼，他问我从哪里来，我说仙人洞村。他说那里好啊，我们这里什么都没有。便嘻嘻哈哈同我聊了起来。这个人热情健谈，还邀请我到他家里坐坐。我婉言谢绝。他向我谈他们这个小坡地村风水不好，这里每座山头的“头”都是朝外的，说明人心难聚。我在这里遇到的村民从来就不曾谈起过风水，在这小坡地村突然有人向我说起，顿觉很新鲜，也很有意思。我四下打量山形变化。他向我比画说，你看啊，这里每座山头都似人的头，但都向外，没有一个头是向内的。这地方不好啊，拢不住财气，也拢不住人心啊。我问他，这个小坡地村住的是哪一个民族？他说是汉族。他说这村子也是这个地区少有的汉族村寨。文山是壮族、苗族和彝族最多的一个县，普者黑就是最为典型的撒尼村寨。

“小坡地村是大风口。”他又滔滔不绝数落起这里的气候来，说这里的风大得人走在路上根本站不住，衣服像翅膀一样张开，说着比画着。“这个村的水脉也不旺。”他说这里现在的河干涸得只有几米宽了，慢慢快没了。小时候这条小河流宽阔，水清清亮亮，他常与小伙伴钻进河里抓黄鳝，那黄鳝粗粗的，一抓就是一条，回家炖煮吃，一煮一锅。现在这里没有水了，只有小虾米。过去的鱼和虾都比现在的大得多。生态变了，真可惜，越来越穷了。唯一的一块好地是村头那边。他指了指我刚刚进来的方向，也就是小河边上的老戴家。“他家从前是个大地主。”接着他又开始说这个戴家。出人才啊。戴家孙子现在是仙人洞村的村长，还有在乡里当乡长的。我问他这个戴村长是不是一个中年汉子，胖子，剃个板寸头。他说应该就是他，“你见过他？”我说前年有个人家嫁姑娘，曾和他在一个桌吃过饭。其实我也不敢肯定那个人就是戴村长，不过可以肯定的是那人是个村干部，因为当时看这个人带几人来吃酒的。他见我对这个话题兴趣不大，又说这个小坡地村考上的大学生也不多。唯有一位女大学生正在上学——“那个女大学生，是我妹妹！”他晃晃肉头脸，十分自豪的样子。我顺他的话说：“那你得出钱资助妹妹啊。”他说是堂妹，他叔家的孩子。一个家族能出一个大学生非常不容易，几个哥哥都出钱资助她。从中学到高中，妹妹学习好，也是家族的光荣。

我问他平时干什么农活，他说帮人栽植三七。一听三七我来了兴趣。因为两次来丘北都买了三七。这药材不错。我前年购了一千元的，打成粉给我的岳父和姐姐，他们吃了说效果不错，这次还想再购一些回去。他说文山三七丘北最好了。不过买三七必须懂三七才行，三七分为种品、嫩品和熟品等。他说得在行，我听得有味道。问他有关三七的质量问题。他说一般情况下，买此药材的人两种用途，一是炖鸡用，二是药用。广东广西那边喜欢用作食用。辨别质量也无非两种：一种是作种子用的，是发过芽的，将养分都给了芽儿了，余下的根块无营养。这样的“种品”是废料，根本不值钱，奸商常用这样的种品充当新鲜三七提高价格，一本万利。有的三七烘干掰开，断面是白的是好三七。至于用作炖品的是嫩的，三年生的也不错。疙瘩状的是母三七，长条状的是公三七。价格每年提升。都是广西广东的商人来租种，他们买地，农人种植。“我们不敢干，胆子小。”而且三七对土地营养有破坏。一茬三七，这地30年不能种别的，吸了土地养分啊。“要不三七这么贵呢。”我问他，若在丘北买多少钱一斤？他说好的得三百五六。我说听阿蜜诺的爸爸说现在得千元一斤。他说那种是特等品，现在哪里找？没有了。

我动了向他购买的念头。问他家里是否有货。他说没有。我说了前年在丘北南门集市购买是三百七十元一斤。他说那得看看到底怎样，我若买的是已经发了芽儿的“种品”就亏大了。我说这次来丘北也想买一些带回。他说刚挖出的生品要七八十元一斤，不好存放。干的好放，放多少年也没得事。我问他晒出一斤需要多少生品。他说得五六斤吧。生品有水份量重，用牙咬不断，但有牙印儿。干的用牙一咬就能咬断。我有意向他购买，向他要电话，说若是买就来小坡地村找他，他说了他的名字，叫张世荣。我要走，他说在这里吃饭吧，我表示感谢，说时间尚早还得转转。他看看表说，“现在十点半了，你再转转，中午回到这里到我家吃饭怎么样？”我连连致谢，说还要到那边的村子看看。

告别张世荣，往对面的村子走。那父女两个还在浇菜。女孩依然站在阳光下，手持水管，身影婀娜。我沿着土路向西走。这时再也不想与什么人打招呼聊天了，只想快步行走。村子安静，无人出入。谁家的小黄狗儿在木门或铁门后探头探脑，偶尔发出一两声吠叫，以警示外来者不要靠近。我当然懂得狗的规则，也没有窥探的心情，速走。见有保鲜公司的蔬菜大棚。粉刷白墙波浪形状的蓝棚排开了一片。但见这里的泥土，好像更红更肥沃些。嫩绿的圆白菜幼苗长在红土上，宛如油画。这块菜地的毗邻处，还有一个油菜花地，稀疏、花开寥寥。再往前拐了一个很大的弯儿，有一个黑网大棚篷帐，有人在里面说话，听人声不见人影，却从里面飘出了泥土潮湿的气味儿。

有辆车子开了过来，问我来的那个方向是哪个村，我说是小坡地村，过小坡地村再向右拐上一条土路是仙人洞村。那辆车子开走了，副驾位置有女孩伸出手机拍照。我向她拍照的方向望去，那个方向有白色鸟儿飞起飞落。水光闪烁。这时已近中午，阳光明亮，把湖水照得碎金闪闪。此时，天地之间，只有我一个人伫立，谛听或凝望，都是自然之一缕气息。我听见了自己心跳的声音，和鸟儿的心跳、小兽的心跳，没有多少区别。但我不如鸟儿，更不如小兽，我有一种天地旷野之孤独感。山峦之上的高远蓝天，就是上帝纯净的眼睛，默默地看着我。我想起了约翰·缪尔对上帝的纯真信仰，他说："在它的光照下，万物都似乎同样神圣，仿佛打开了千百扇窗户，让我们看到了上帝。"趋步向那边走，很快到了水边，眼前却咕唧咕唧响起几声，水花翻涌。凝神水面，见从不远的地方钻出了两只小鹏鹈。这种水上精灵，警觉性高，稍有动静，立即躲藏。只见水面不时冒出水花，它们又一次钻进了水里，再从另外一个地方钻出来。然后又逃。我看得有趣儿。这里真是鸟儿的天堂。这个湖也不深，水草和芦苇从水面伸出来，静止在无风的阳光下，有如细润的线条，倒映明澈的湖中。

这时又有几只大鹭从草丛中翻飞而起，向远方飞落。我判定这个不大的湖里，定然有很多鱼虾。只是湖水浅，舟船无法漂行，无法进入。鱼虾很多，也是鸟儿聚集此处的原因。我的判断没错。鸟鸣无处不在，水光无处不在。我本能地听见了湖里发出的叽喁，以及偶尔出现的小小涟漪、轻微的风吹送来的天空里扑棱棱的细小的翅翎声……

沿湖边走，脚下有泥坑渗出了水。兜一个小小圈子绕过去，重新上路。见两个汉子和两个妇女在耕地，应该是两对夫妻。一个身穿迷彩服的汉子扶着犁耙，前有老牛拉着犁耙，红色泥土翻卷，鲜艳闪光。这个劳动场景，是一个很好的摄影题材。若是人文摄影家来此，定会被迷住。路下方有条水泥筑起的水渠，渠里有浅水流动。我站在水渠之上用大相机拍眼前的劳动景象，又要时刻小心不要落入水中。另一汉子手扶电动耙地机，将犁出的土坷垃拍碎。但见他手里电动耙地机上下起落，把土地拍得嘭嘭啪啪响。

这块地不大，两个男人加上一头牛，来来回回。两个妇女则坐在田埂休息。她们戴着遮阳帽子，看来都很年轻。

第六章 谁的梦被风轻轻叫醒

清风吹开了我的衣服，有鼓翼之感。脚下是通往另一个村子的土路。土路两边，小麦青葱，苇草干枯，说明以前这块地可能是水泽。田地稀少，湿地萎缩，最后被开垦成了一小块地，水消失了。那些高大的苇草从越冬小麦里长出，有荒芜感或孑遗感。继续沿土路走，见远山连绵起伏，湖水在很远处静静荡漾。忽然又一次看见了那个卧虎，再细看湖对面，就是我昨天坐看卧虎山的那座山。山根之下大石依稀可辨——我怎么绕到这边来了？走来走去只是走了一个椭圆儿，我现在是在椭圆儿最窄的径圆处目测对岸。

终于和卧虎山有了近距离的接触。

虎与湖相伴。我看见湖水里不时有涟漪闪现，那是鱼儿在翻跟头，把湖里的一座山撞碎了。顺路走，可能会走到普者黑村里去。

边走边看这只卧虎，感觉自己也成了一只威武无比的老虎。路边光秃，没有树荫。脸和身子都浸出了汗。脚下更是灼热。还不到夏季呢，就已经有热的感觉了，若是夏天，说不定有多热呢。又走两公里。前面一大片村庄出现了，土房子显现，房前房后是绿色的蔬菜，种着马铃薯的农田。彝族人离不开马铃薯，既能当配菜，也能当主食。这条路一直通向村子，又从村子里穿过。一般来说，路两侧不太容易见到民族风俗。这里似乎不同，也是土屋土院子。普者黑村是这一带最大的村子。疾步进村，田野有农人干活、放牧。有老人坐草地上，身边有两只小黑羊吃草，两个孩子抱着一只大黑狗尽情玩耍。老式土坯房逐渐多了起来，多得令人怀疑这里才是真正的村子。普者黑村寨与仙人洞寨有些不同，大部分泥土房屋保持得完好。有的墙面明显被风雨侵蚀得坯土斑驳，缝隙窟窿多。一些麻雀甚至把墙洞当成了窝巢，很有古朴意蕴。这些土屋子与土墙，总会与周围土地、田野、菜地以及湖泊形成浑然一体的景观。在我看来，土坯砌成的墙体，也是文明的记号，它取自泥土，又还原泥土本色，不施任何粉漆，有时候还会比大地上的泥土更富于流线感，也成了村子里原生态的一道自然景观。

我把它们当成了古时留下来的遗迹也有道理。我有时还能看见在土坯墙面爬满的青葡，那些张开的叶子，顺着藤儿呈波浪状爬行，即便在极远处，也能将叶片和藤蔓儿看得清楚。那种铬黄与葱绿，反差透亮。用相机拍出，设计成书签，印刷出来，会很有味道。天蓝云绚，也是我想象不到的。突然发现，我在这里的摄影技术发挥得出奇的好。那是因为天空的明媚、晴朗，几乎是一尘不染。对比度明显，也让相片的解析力和锐度有着神奇效果。蓝天蓝。白云白。泥土房子黄。湖泊蓝。山峦青。麦田绿。天和地，默契而融合地搭配色调。我特别喜欢撒尼人的土房子。我宁愿看不到那些现代建筑。也有不尽如人意的地方，比如说，土墙上有白粉写的标语，整面墙写得满满的。还有电信广告、农药化肥广告。那些白粉漆，把好端端的土墙给涂得乱七八糟，简直让我愤怒了。

我在村路里走动，有时也钻进胡同。遇到土房子就停下拍摄。最有趣的住宅，一般是毫无修饰的、简单的土屋子和铺着茅草顶的农舍，使房屋显得别致生动，有着古诗意境。我喜欢这样的场景，它将原汁原味儿的文化，回归到了朴素的诗歌般的审美境界——在林子深处、幽静的竹篁、古诗人相互唱和的句子里，在“开轩面场圃，把酒话桑麻”的田园情调里……由此我想，对于风景而言，“开发”与“过度开发”大不一样。

穿行村子，看见堆满农具的农家小院子里，有牛、狗、鸡和鸭，这些家畜在小院子里悠闲趴卧着。也有老人惬意地晒着太阳，或在水井边洗菜切菜。路上不时有担挑子赶牛的老人、割草背篓归来的孩子等。不知走的路与第一次来的路是不是同一条，反正在辨认不出来的情况下，我总是拣最宽的路走。上桥时在小商店买了一瓶云南山泉。下桥见有农家乐——第一次来时和老驴们在这里临湖吃饭的地方，认出来了——这证明自己走对了。有几个岔路，决定走最宽的，居然走对了。站在桥上隔湖眺望仙人洞村，证明自己确实逆时针走了一个大圈。八年前我和二驴来到这座桥，还拍了不少照片呢。这座桥也很古老了吧？下到桥下，从桥洞看湖水穿桥而过，从仙人洞那边，一直平静地流向苗族村寨，两岸高耸着许多竹篁，显得绿意幽深，掩映着土屋子，很有画面感。这边也有一片竹林，湖边是一条不宽的长着杂草的土路，再往前延伸是一块苗圃。小路边有石凳子，坐下休息，看湖对面的人家出神。阳光温暖地洒着，水光湖色，融融草影，倒映民居，美！

我出神地看，直到一尾鱼将影像撞碎。一个汉子走过来让我起身，这才看清我坐在了人家扣着的船边上的一个石凳子上，他正给这扣着的船涂红漆呢。

起身沿湖边走，在一处草滩站定，突然发现不远的湖里，那位穿羊皮背心的老人坐着划船，船上堆着装满了水韭菜的大竹篓。那只小黄狗雄赳赳立在船头，旁边好像有只装鱼的竹篓。老人背对我向湖东边划，渐行渐远。我赶忙端起相机，抢拍这难得的镜头。老人乃世外高人，划得飞快，一下子钻进了苇丛里了。

这老人是真正的山水隐者、清风渔人啊。那只陪伴他的小黄狗儿，也许就是他前世的小书童。老人每天打鱼捞草，健身养心。湖畔那边山根下的小房子，就是他隐身修行的地方。

沿湖边走，有一段浅堤溃决了，水浸稻田，已长了厚厚苔衣。小船漂来漂去，农人水里捞水草，还有几个小青年用电瓶电鱼，这种对生态有杀伤力的现代捕鱼方式当然是违法的，有关部门早已明令禁止。我沿土埂走一会儿，又回到路桥那边。这时有一个老汉从一户人家走出来，问我到哪里，我说去仙人洞。他说我拉你去吧：6元钱。我说行。上了车。他忽然又说：8元钱。我哈哈大笑，问他：你就是这样要价啊？他也觉得自己要价要得太蠢。哪有先要低，然后再抬高的。价开出来了就不能再升啦。他不好意思笑了。鞭子一甩，那小马便跑了起来。我坐在他后面车厢，马蹄达达响，车子一溜风儿跑得快。

路过桃林，桃花未开。他说桃花开了会很好看。这里桃

远去的独舟

子也相当好吃。全是小桃子，果皮儿红绿相间，青时吃，脆甜爽口；熟时吃，绵软清香。老汉向我介绍说，过几天这些桃树都要开花，好大的一片，来赏桃花的也多，路上会排出长长的车队，到那时他的车就会涨到8元或10元。这些城里人啊，都是来照相的。桃花在2月末或3月初开。看来这老汉也是一位懂得美和浪漫的人。再细看他，其实并不老，六十岁左右。能看出棱角分明的下颌和眼睛，年轻时绝对是一个健壮的汉子。他赶起车来一阵旋风似的飞快。那匹马不大，却肌腱有力，轻松跑着，还不时打着响鼻。蹄子抬得高，把坚硬的路面，敲得达达响。

到了村口，付钱、下车。这时有村民舞蹈队在彩排。我抢拍了几张，感觉不太理想，景深没有控制好，后面楼房杂乱。我试图躲开楼房到另一边去拍，又有电线杆和小彩旗阻挡天空。这是原生态摄影之大忌。舞蹈队分男女队形各一排，两排相对站立，音乐响起，两排队便相向而跳，来来回回穿插。这是彝族手琴舞蹈，需要男女队面对面穿插跳。主要是中年男女。女的盛妆，手执红绸子；男的短衫小袄打扮，手里拿着圆鼓琴。跳了一会儿休息，我注意到队伍里有三个穿着大红绣花衣、戴着高耸帽子、盛妆的彝族女孩，很特别。她们是队伍里最年轻漂亮的。我让她们到湖边拍照。开始，她们都有些拘谨，我说自然些最好。她们笑着，便放松下来。

带有古典意蕴的彝族女子服装

拍了正面照片，又让她们背对我拍，女孩们的背影很像京剧花旦。湖光也能给这种色调提升亮度。让这三个女孩更加温婉、柔媚。突如其来的美人儿配合我的审美观，让我得到许多唯美的照片。这人与景，是值得收藏的记忆，让我内心充满了无限的柔情。在这三个女孩面前，我读到的是山野美人儿的纯净、善良和美丽……我赞叹她们漂亮之极，有如鲜润的鱼儿。这种彝妆与平时又有不同。拍完后，她们跑过来看相机里的她们，笑靥如花般的迷人。

回到阿蜜诺家，见一家人在小院子里坐着聊天。

阿蜜诺问我饿了没有，我说不饿。她说饿了给你下碗面条吃。我说现在不吃，吃了晚上就吃不下了。上楼脱换汗湿的衣服，一阵困意涌上，倒床合眼休息。半小时管用。五点多钟时再出去，遇到前年拍的双胞胎女人，也是我前面说到的那个女人。她当年与阿蜜诺是一个舞蹈队的，我前两次来仙人洞村，都曾与她有过接触。她让我到她家坐坐。我没去，看着她的一对孩子在院子里玩耍。到村口，前年婚礼上拍到的那个怯怯地跟在母亲身后的大眼睛小女孩缠住了我。我给她照了两张，回放给她看。这个小女孩大概有7岁，吃糖多，牙黑黑的。她也要拍照，就抱着我的大相机不放，我担心大相机摔坏了，摘下来挂在了她的脖子上，让她抱着玩。小女孩抱着硕大相机无师自通狂按快门，那大家伙在她小小的怀里咔嚓响着，我告诉她要用眼睛看准了前面再拍。这简单的指导果然见效，她的小手有些抱不动，小身子就向后仰，小脸蛋儿涨得通红，摒住气息学着我的样子拍摄，不一会儿就累得直喘粗气。

又来了一个小女孩，是她的小姐姐。这个小女孩也学她的样子，站在我面前，蛮横地要过了我手里的小相机，却不如她妹妹聪明。在她手里的小相机，不知如何打开镜头盖就拍。我手把着手教她按快门。这一下坏了，两个小女孩，把我弄得晕头转向，也无法从她们手里索回两台相机，只好尾随她们，像哄孩子似的边走边说慢点儿，两个孩子跑着闹着，相互拍照。此时我对这两个小女孩儿，是又怜爱又担心，生怕她们摔了跟头，或者磕着碰着。正束手无策，转机出现了。两个小女孩在芥菜花地里、小学校门外乱拍照之后，转身又抱着相机往家里跑去。我一看乐了。这是我要回相机最好的机会，她们跑回家，是最安全的。我高兴地尾随她们。她们跑回院子，院子里有她们的爷爷奶奶和父母亲。果然，我在墙外就听奶奶大声呵斥两个小孙女："有得事喽。有得事喽。快把东西还给人家！"小女孩不管不顾，又在院子里拍起鸡和狗儿来。这时，小女孩的母亲大声骂起了她们，她们的父亲，一个年轻男人看见了墙外站着的我，有些歉意地向我笑着点头，邀我进来。我走进小院子，两个小女孩已经安静，乖乖贴在母亲身前，母亲把大相机从女儿脖子上取下来交还给我，小姐姐也把小相机还给了我。我接过相机。年轻父亲拿出凳子让我坐。小女孩们噘着嘴，一脸不高兴。

回家路上，遇到了前年嫁姑娘的那家父母，坐门口从一堆山草里挑选山草。老汉穿蓝中山装，老妇一身红袄黑裤的彝族装束。他们身后的小房子是用空心砖垒成的，门楣写"专治骨折"四字。他们让我坐一会儿，我便坐下与他们聊了起来。我问前年嫁到外村的女儿时，他们说那是小女儿，已经生了孩子。现在小两口到外地打工去了，孩子由父母照看。

这老汉是位中医，和老伴儿挑拣今天下午从山上采来的草药，我闻见了草药的清香。我问起治病的事，老汉说开了这个诊所已有多年，主要治跌打损伤。村里谁磕了碰了的，都到这里来治，费用要收取一点儿。偏方是自己祖传的，到药店自己去抓药，有时上山采点儿，碾成碎末儿制成药丸或膏药敷伤很灵验。普者黑附近村寨都来看，每年有一点儿收入。我与二老聊天时，他们12岁的胖孙子跑了过来，伸出小胖手拉着我。奶奶便开始数落起这个小孙子来，说他太淘气了，在班级学习成绩倒数第二。她的小孙女在仙人洞村小学却是年年考第一。现在又在普者黑中学上学，全班排名第六。那个小孙女从老宅出来，从我怀里拉开弟弟。

晚餐与阿蜜诺一家同吃，四菜一汤。那碗鲜红的生猪肝蘸辣子香菜末儿，我不敢吃。

夜晚，难以入睡。

翻看奥尔罕·帕慕克的小说。我在他梦境一般的叙述里，发现了颇耐琢磨的一句话，是他引用塞缪尔·泰勒·柯勒律治的一句诗：

如果在梦里，你去了天堂，
还摘下一支奇美的花朵，

如果当你醒来，那支花就在你的手中，

啊！于是会怎样？

天堂以心灵的状态存在。我非常喜欢这个带有“原象意味”的小山村。但愿它现在是我或如我一般隐匿者的天堂，而非那些权贵者非要把它的花朵采摘灭尽的失乐园。在这里，不仅仅是有着撒尼人的诸多古老神秘的传说，更有山水境界、我内心的精神映像。而我所认为的佳境，一定在边远之地。在山谷与山崖的环环相抱中，我感觉到了自己也像是其中的一株植物了。那些宁静的湖泊，那些协调着色彩的安静。这一切，都让我感到非常的幸运了。当然，我并不是坐井观天，尽管在某些人眼里，这是一个多么不起眼的小山村。我在这里，的确住得惬意、舒心。看到了奇异的花儿，听到了美妙的鸟鸣，吃的是新鲜的蔬菜。天堂的幸福，在于内心的感受。这里没有杂七杂八的俗事。我的心情，全都放在拍照和记录乡村的见闻上了。我努力寻找一些值得记住的影像。清澈的、流动的。有如溪水，浅浅一脉，闪着月光，映着花影，燃亮着记忆的色泽。天堂般的美好，从身边滑过。

我渴望有一块地，或者一把犁一头耕牛，从事一点儿体力劳动。或者干脆退休之后，到乡村去。在山水之间，放逐生涯，背朝青天，面向黄土，躬耕陇亩。闲暇时，读清风明月，饮一杯土酒，身心无病，要比噤若寒蝉的工作好得多。我从一个乡巴佬成为“城市人”，算来已有三十余载，本该强健的身体，却由于整日呆坐而臃肿不堪。我在中国最大的城市过着沉闷的生活多年，这让我对自己逐渐发福的身体感到羞愧。我该选择哪块土地自由生长，也许才是我思考的人生要义。其实一个人最难认清的就是自己。多年以前，我为了留京，不惜一切钻营，失去的更多。我想，一个人，不心怀坦诚，就难有回报。

我从遥远之地来到山村，就是为了验证或检讨自己吗？我的惭愧是真诚的，是否还夹杂一点儿虚伪？我在乡村散步、悠闲拍照，难道就没有惭愧？我承认已经无法找回过去的影像。但稼穑之劳，未尝不是对自己人生最好的裨补。我的一位友人，在北京海淀柳树村租了一小块地种菜，让自己闲暇时“有一点儿事做”。这毫无疑问是对劳动的渴望和尊崇。

在中国北宋，有一位文人被贬谪黄州，在那里，他开始了一段躬耕生活。我总是这样认为：是黄州救了他，是黄州的孤独、沉寂救了他的文学创作，让他能静下来，从失败的教训中，反思人生的诸多问题。土地、江水、临皋亭、赤鼻矶和那块能种点儿粮食蔬菜的山坡，陪伴着他。虽然孤独，却让身心真正得到了释放，才有了诸多作品。当时的北宋，对知识分子还是相对宽松的。这个文人，从朝廷被贬到乡下，当上了一个无用的闲差。估计也是让他来个上山下乡“挂职锻炼”。你想啊，诗人不写点儿拍马诗，却要写什么批评诗，真是胆大包天了。皇帝一怒，自然要清算。但我认为，正是这难得的四年多的黄州生活，成就了中国历史上的一位重要文人。这位文人对自己的反思与调适、发展与创作，都是在这里形成的。因为在艰苦的黄州，他的人生观和价值观，才有了根本的转变，形成自己独到的融儒释道于一体的、达观的人生哲学。也给他带来了人生的好处——月明风清，心灵优游；身健体强，无病无恙。他的书画艺术也日臻成熟，成为当时与米芾并称的书画大家。他的文学创作，达到了巅峰状态，成就之高，令人惊叹。他就是苏轼——苏东坡、苏子瞻。他让我读到了洒脱奔放、气宇轩昂的《念奴娇·赤壁怀古》，欣赏到了壮美绝伦的“前后《赤壁赋》”……多年前，我写作《黄州东坡》时，曾详细叙述了苏东坡“安道守贫”的黄州生活给予他人生带来的创作机遇。如今读来，依然鼓荡内心，震撼灵魂。

我们每个人都有对人生、对世界的看法，仙人洞村子的农人也不例外，他们的人生观和价值观，在我看来，非常了不起。他们对山川草木、气候环境，了如指掌，认知许多大地事物。他们的生活，能与自然山川融在一起，就是智者。这对我来说很是羡慕。我注重的是，体验难得一见的乡村生活本态，这些往往能在他们身上寻找到。这个山寨，已算是非常古朴的“理想乡村”了。这个“楠密山村”若是退回20年，我想会更加原汁原味。

在一些山村农人家里，多次见到“天地君亲师”牌位。这是撒尼人敬天法祖的教义。这种教义离他们很近，就在家中。而中国大多数的庙宇，都远离民间高踞山岭，让民众离道德约束很远。这里的安道守规却是例外。人们以神为邻，敬重自然；爱护老幼，邻里和睦。他们本能地以固有的民间道德标准，来抵抗现世社会利益带来的道德冲击。

我始终认为：人心慈善，天地干净；人心险恶，天地污浊。

中国自古以来就有以德治国的理念。孔子曰：“道之以政，齐之以刑，民免而无耻。道之以德，齐之以礼，有耻且格。”撒尼人有优秀的传统道德规范。这个规范人人遵守不得逾矩。他们心怀慈悯，内心圣洁，把自然万象奉为神明。他们不开山采石，不砍大树，不铲平祖宗的墓地、宅地，以免惊扰了那些依然显灵的圣神。他们认为湖泊、树林以及高山，都住着神明。就连一块石头，也是神灵。撒尼人在耕田的时候，每遇到巨石，就会绕过。他们认为这些大石，是上天有意“安放”在此地，是护佑田园的神灵。石头也是神灵。这是寨人的认知。我有时在一些山下或大石附近，看见寨人点燃的香火和祭拜的酒食等，足以证明他们对自然神灵的尊重。

还有邻里之间也要相互敬重，人与人要和谐相处。孩子敬重长辈，长辈关爱孩子。如果谁犯了什么错，那一定是一时的糊涂，让浑浊迷障了心智。比如，2005年我来仙人洞村时，恰好遇上村子里一男一女私通被人发现，“寨老”把全寨人找来，到寨中心当着众人的面，批评了两人的行为，安抚了两个人的家庭。在寨人的共同见证下，调和了两个家庭的矛盾，通过教育或规劝，使两人今后不再越轨。而在过去，若是发现有大逆不道，会施以猪笼沉水之罚。现在，这个严厉的惩处虽然已经废除，但人们仍以传统的道德观约束自己的言行。当然不是清规戒律，特别是邻里之间，和睦相处，是衡量一个家庭是否能让寨人敬佩的前提。在村子里，没有利益冲突，更多的，是相互的帮助。“人性为治世之道”，在这里得到了很好的验证。生活化的人性本质与纯美的风景连缀在了一起，同样具有力量。

由上述的事情，我看到的是家族伦理观念对于强制的政治教育式的切除。这里没有真正的统治者，但须有内心的自我校正。我在村子里看到墙上贴有修建进村土路的捐款，即便是生活最困难的人家，也力所能及地捐出一部分钱来。不拖不欠，不骗不抢，不偷不占，更是人人遵守的规则。

当我聊到了这个话题时，阿蜜诺的爸爸用一句简单的撒尼民歌，向我作了回应——

鸡欠了鹰的账，
躲在墙下也没用；
鱼欠了水獭的账，
钻进河底也没用。

人心善良，景便美丽；人心丑恶，山河崩坏。这是我的理解。

我所居的仙人洞村之所以景美，也是因为这里的人善良慈悲。这里四面环湖，土地沃腴，粮食、蔬菜、鱼虾资源丰富，湖中水产品多多，没有人霸占哪块地、哪片湖。湖里鱼虾也是按需捕捉。谁想捕获到，谁就得起早。我问阿蜜诺的爸爸，村寨周围的湖，是否归属哪一家，他说就是大家的，谁勤劳，就是谁的。我常看见村人天不亮就起床，划船下湖收网。我见到一家夫妻两个在院子里摘一堆小鱼，然后分类，大的放一块儿，小的放一块儿。鲜活的小鱼可现吃，也可现卖，也可晾干了装袋卖，这种“野生”特产，销路不错，特别是旺季时更是买的人多。湖水纯净，小鱼小虾鲜嫩味美。

仙人洞村子的湖与普者黑所有的湖相连，面积很大，有几千公顷，有深有浅。湖里的几座山，如同栅栏，隔开了村与村。有时候两座山挨得很近，间隙如同门扉，小舟子推开了水的门，可随时出入。阿蜜诺家门前有个小小的“渡口”，那里拴着许多只小船，都是村子里的。解开一缆，跳上小船，摆几下桨，就到了一座山前。从那里，可前往普者黑地区的各个寨子。寨子与寨子之间的往来是频繁的，通婚或走亲戚。每逢节假日，就可看到来来往往的小船，载着过节用品，走乡串寨。而往往水路要更便捷些，特别是过去，土路基本上少见，也遥远。我曾有一个念头，租借一条小船，摆渡湖上，到各个村寨看看。大概需要几天时间。那将是一次非常难忘的水之旅行，有如梭罗之康科德河的旅行，一定会有爽心怡情的经历。

夜晚，我独自站在湖边，望湖畔闪烁的涟漪出神。一些茅草倒在了水里，一些茅草仍倔强站立着。风吹月光，月光飞速奔跑，有如纵横的闪电，在水面交织。又如无数的白鲦鱼儿，疾窜于水里。极目远方，一只小舟泊在了湖心，有微明的灯光。是谁呢，今晚休憩湖中？望神秘的小舟和神秘的打渔者，似乎能听见一位豪拓的诗人于静岸发出“小舟从此逝，江海寄余生”的吟哦。我听见湖水轻拍小舟的声音从湖水深处传来。

那是谁的梦哦，被风轻轻叫醒？

远行者抵达的秘境

第七章 绕山一周

天清气爽。这个早上，我依然踏着阳光向小学校东边走，山后总给我一种似乎探测不尽的神秘感。来这里的人较少，又是山之东，上午的阳光毫无保留地挥洒下来，湖水和天空一片明亮，山峦和田野一览无余。走到垭口时，我踌躇了一下，决定绕山而行。边走边拍。一头水牛在路边吃草，我走近，它警觉地竖起耳朵，瞪大眼睛。这家伙有点楞头青，我清楚发现它居然有两道浓重的长眉。水牛看我无歹意，又低头吃草。它吃草时牙齿清晰咬断草根的声响，有如刀镰割断草根：呱哧，呱哧，呱哧。很有节奏感。转身向偏东南路走，这次绕着山向草滩方向走。有一位婆婆割猪草，我比画着问她这条路能否走通。

她说："绕山一周。"

田野里打猪菜的老妇

我明白她说的话，是让我贴着这山根儿走，走大半个弧，定能走回这边村庄。

我与她拉开距离时回头看了她一眼，发现她割完草背起筐篓，踏小路往回走，那背影很入镜：大地，绿草，山峦，远处的湖光。继续走，前面有水塘挡路好像走不通了，再折返试图径直到山根寻路，老妇人看见我有些诧异，再一次用手比画可以绕山走。我再走刚才的路，才看清原来水塘边浓密的杂草盖住了小路。真是愚蠢。用独脚架拨开杂草探路，边探边走，过了这一段不明显的路段后，眼前豁然开阔，一条羊肠小道出现眼前。有几座圆锥山峦出现。山下还有一些白石雕成的墓碑，都是谁家老人在这里安葬？真乃绝好的风水宝地，迎着早上的太阳，更令人有安恬之感。

阳光静美，水泽闪亮。小鹛鹕发出咕咕叫声，还有白鹭、苇莺、白鹡鸰、山雀、红黄臀鹎等小鸟儿。好友鸟人钟不相信我的话，他来的话能拍到多少生动的小鸟啊。这里是鸟的王国。草泽里的鱼虾蜉蝣等皆是鸟儿的美餐。

沿水泽边慢走。

发现水泽的草丛有许多蚌壳螺壳，一定是长嘴鸟儿啄食了壳里的蚌肉。走在干涸了的草泽泥块上，不小心还会踩碎一两只空壳，脚下便发出碎裂声响，有如不小心碰碎了鸡蛋。水泽清澈浅亮，水里鱼草结成一团，像琥珀静物。也能看见农人布下的网罟。远近山峦相映，一种镜像的体验。一路鸟鸣不断，叽叽喁喁。更多的，是扑打着翅膀的小水鸡，它们能在水面飞跑，速度很快，湖水被踩出了一串串涟漪，边跑边发出有如家鸡“咕咕咕咕”的叫声。白鹭悄然起落，优雅得如同花瓣张开，腾起、降落，都是无声。

边走边留心脚下的细窄小路。脚踩柔软湿滑的草滩，感觉踩出一汪水来。草木气息盈鼻，猛吸一口，洗心洗肺，五脏六腑全干净了。路过一个长满了杂草的水泽，有个渔人头戴草帽挽着裤脚站在田埂，湖水把他的身影映在静静的水光里，很有古意。若有一镰在手，或者一篙在握，意境更佳。我向他挥挥手，他也向我挥挥手。我大声问：“这片儿水是你的吗？”他答是的。靠近路边的水泽里，有无数条大鱼撞动着杂草，长条状的黑脊从草丛里露出，挤得熙熙攘攘，也把阳光挤得闪烁。大鱼的脊背闪着青黛色的光，有种神秘感。

“鱼在在藻，依于其蒲”，忽然想起《诗经·鱼藻》里的句子，状物准确。我问渔夫，咋这草里也有鱼？他说是他从旁边的池塘里故意放进来的。我看见在草泽湿地的一侧，拦了一道土坝子，土坝子这边是草泽湿地，那边是池塘。他将池塘的土坝子挖了一个缺口，一些大鱼就随着水流到了草泽里了，然后他再把池塘缺口封堵上。流进水泽这边的鱼是要卖的。站在堤岸能看清楚拱动着的鱼，用网竿一条一条捕捞，方便。他站在两个水塘之间窄窄的泥坝，边走边停，查看池塘。我站在山根土路“隔水问渔夫”。我欲走到两个池塘之间的泥坝上去，见坝基仅能容纳一人行走，有地方已塌陷，像他那样踏堤坝走是不可能的，便作罢了。

渔人悠闲踱步泥坝，离我渐远。

万物皆神圣。这是佛陀密宗里的话。这个神圣，也是神秘。自然之镜像，照映人的内心，修补外在，驱散身内身外灵魂的不洁，归还给人以本相。自然之生物，总有着某种含蓄的“神秘性”存在。这种“神秘性”，只可意会，不可言传。它在某一时刻出现，照映内心。太阳月亮，让我身心洁净；山川草木，让我回归纯朴。我看山河大地，皆为圣灵之物。它能为人所用，也能给人鉴示。继续沿山根行走。鸟鸣愈来愈多，多得几乎伸手就能接到几粒鸟鸣。山谷开阔，鸟鸣增多。我面前的鸟鸣声，粒粒堆积着、闪亮着，我被如潮的鸟鸣声淹没了。王维的《鸟鸣涧》，真是写到了极处。若是夜晚，不定是怎样的清幽。月光照临湖水，山谷野花绽放。那些鸟鸣声，和花草一起吐香，和月光一起闪亮。

我也写了一首《鸟鸣涧》——

来到了王维的鸟鸣涧，变成一缕月光深入了桂花的内心。

听轻碎的鸟鸣和细小的花瓣一片一片落下，落进了涧水中。

有一行翅膀闪亮。有一片幽篁闪亮。闪亮得让我轻如仙子。

有一种孤独闪亮。有一种忧伤闪亮。闪亮得让我无处藏身。

啁啾啁啾啁啾啁啾啁啾啁啾啁啾啁啾啁啾啁啾啁啾……

来到了王维的鸟鸣涧，俯拾皆是满山满涧闪亮的鸟鸣。

我放慢脚步，生怕惊动了它们。这些鸟儿，也似乎集会或争论什么。前面有块空地，索性坐下醉心倾听。水泽离我仅两米远，能清晰看见水纹吞没了细润的草茎和草叶，涟涟闪动细密的阳光。波光粼粼里，细草叶子似伏卧水面的音符，水纹是五线谱。大小水鸟以及草茎叶上的鸟儿、水泽之畔的鸟儿，都很生动。我恍如置身一个天地剧场，倾听一场盛大的鸟鸣音乐交响曲。鱼群无处不在，鸟儿无处不在。我不必用相机来拍，只需带一双灵聪的耳朵，听鸟儿的啼啭，如佛陀祷唱心音。这些鸟鸣，醉心醉魂。人类任何声音，都无法与这些盛大的鸟鸣相比。鸟儿们不需修饰自己的鸣啼，就能使这个世界平静完美。鸟儿歌唱的花草树木天空大地，是最神圣的自然之声。远天山影、树影、云影、草影，都传达鸟儿对这个世界最神圣的宣言。置身这场盛大的鸟鸣交响旋律里，真是莫大的享受。

鸟儿是高贵的，它们飞翔高处，歌声也是高贵的。有哪个旅行者能像它们，飞遍了全世界？有哪个歌唱家能像它们，唱遍了全世界？我倾听，感受天地大境的沐浴和施洗，不愿意离开，多坐一会儿便是多了一份幸福。我曾在一个中学生作文类刊物上发表一篇散文《鸟比人高贵》，其中有这样一段——

> 每当鸟儿鸣啼着，从我的头上飞过时，我总是要举目寻找——是鸟儿迫使我仰起头来看看广袤而高远的天空。这种人类学不到的舒展，鸟儿只要一个动作就解决了。这不仅是因为鸟儿拒绝一辈子活在低凹的地面上，而是它们随时会去占领整个天空，又随时会献出整个天空的生命姿态。
>
> 鸟儿的内心，始终打开一个天地：它们没有狭窄而局促的角落，只有高扬而阔绰的大野芳菲。大地上最险峻的高山峻岭是它们征服的；最俊美的花儿是它们最先发现的；最婆娑的树上有它们的暖巢；最清秀的蕙草丛中，有它们浪漫温馨的园子……古往今来最优美的文章，字里行间也都有鸟儿舒展的翅影、醉人的鸣啭。
>
> 鸟儿高贵、善良、不虚伪、不做作、不媚俗。鸟儿是世上独一无二的天地审美艺术家。

这是我所认知的鸟儿。但最该记住的鸟鸣，往往被我瞬间忘记；最该记住的草木，往往让我无法认知。鸟儿的鸣啼，遍及全球，我又为何记不住它们的歌声呢？鸟鸣有如世界般古老，又比任何声音崭新。忘记鸟鸣，就是忘记自己的身世。因为人是从山林里走出来而逐渐进化的。要知道，从我们的祖先时起，每天都有鸟鸣。我甚至想：要让每一个诗人认识鸟儿，辨听鸟鸣；要让每一个诗人认知草木，闻香识类。不能听懂鸟儿啼鸣的诗人，是可悲的；不知道草木的诗人，是可怜的；不入山林听鸟鸣的诗人，写不出纯净的诗歌。

我们有时候有天马行空般的梦想，可是我们却忘掉了我们还有一颗属于大地的心脏。记住年轻时的美好，才会珍惜生命的每一段时光。我们生存的大地，每一个地方，都是值得怀念的。比如现在，我走的这个山路，似曾相识。路边的水渠，好像故乡小路边的溪流。故乡的溪流，不知在我的梦境里闪烁多少回。我也是从故乡流出来的小溪，却无法再流回去。因此，没有一座山能拦住小溪。小时候走过的山水已经铭刻内心。就连泥土湿润的气息也是一样的，就连山花开放的姿态和清香也是一样的。如同我现在正"绕山一周"，快速行走。

沿山根土路下来，过了一片种植三七的大棚，全是黑色网罩，可能是怕鸟儿随便进入。我用手拨开了一个网缝，将小相机伸进去拍了几张里面的土垅沟，那些土垄沟密密匝匝有如织得很粗的毛衣，土垄铺盖厚厚的松针，是保暖用的，也可作肥料润养保湿。松针的脂香飘了出来，有潮湿味儿。大棚外的土路有100多米，不一会工夫，便走到了头。

突然，一条凶恶的大黑狗窜出！

这大黑狗，吠声如豹，幸好它的脖子上有铁链子拴着，却也挣得哗啦啦响。立起时高大威猛，几乎将铁链子挣脱，那个与链子绑在一起的木桩子，也摇晃得好像快要拔掉了一样。一看这架势，就知这不是一般的大狗，而是一只粗壮有力、桀骜不驯的猛犬。如果它挣脱了链子扑上来，后果不堪设想。我沉着冷静立在原地，紧握独腿架，用同样凶恶的眼睛怒视它。经验告诉我，在乡下不必怕狗，一定要表现得比狗还要威猛。土狗其实是最能驯服和震慑的，只要你自己不退缩就行。我壮着胆子向土狗走近两步，龇牙咧嘴，双眉倒立，怒眼圆睁，以更恶的态度怒视这匹大犬。并用大相机对着它的脸快速拍了几张，它叫得更凶。须臾，目光开始游离，边吠叫边环顾左右。这是狗儿心虚的表现。我的威慑心术取得成功。一个黑瘦的中年男子从棚子里钻出来，诧异地看着这个不知从哪里来的不怕狗还和狗凶狠对视的家伙。那人不说话，木然站着，愣怔看我。

顺右侧山路走。这座山，是挡着仙人洞村东边的一座圆锥形的山。山的东边有连绵的浅湖。刚才看到的鱼塘，就是浅湖。这边湖水与那边湖水不一样，水大，山下也是水，有小房子。估计是养鱼人住的，果见有小船泊在小房子下面。真想解开一条船划划。我脚下沾满了泥巴和碎草，用小石片儿往下刮也不能刮尽。鞋很重。沿草泽的边缘行走，一边走一边使劲儿蹭鞋底，果然有效，鞋子变轻了。沿山根这条路来的人少，许多景致原象生态，绝然没有被践踏过。这是一条非常有看头的景观之路。山有山的段落，水有水的音节；树有树的话语，云有云的句式。天蓝得醉人。我大小相机齐用，同一个山景水景树景，生怕一个相机拍不好。标准和广角同时用。偶有鸟儿撞入镜头被我拍到，又是惊喜。我看到前面水泽之畔有一丛苇子，拍一张放大看，竟有一只苇莺蹲在穗上，任风吹得摇晃，恍如坐禅悟道的圣仙。放大剪切，仍清晰。自然之精灵，仙者也。

我给好友钟发信息说："我被鸟鸣包围了，只要举起相机随便一拍，就会有鸟儿闯入镜头。"不知钟看了有何感想。芥菜花开得白净，籽儿圆鼓鼓的。土路两边的菜地有白绿相间的芥菜根露出土，拔了一棵，擦干净泥土，啃掉皮吃几口，脆甜。

转过一个大岩石，忽听山那边响起了人的狂叫，有人在唱 KTV。那边是开发区，人的声音很近，说明我离"景区"很近。静幽的山趣，一下子没有了，好像从一场幽梦又返回现世的嘈杂。这些嘈杂，与本来的静幽，又是多么的不协调啊。这让我感到莫大的失落，恍如仙梦顿逝，让我重返嘈杂的人间。这仙境，只是短短一瞬，便回到现实。

已是下午2时，我绕山走了一圈，回到了仙人洞村，回到了阿蜜诺家。

阿蜜诺问我吃没吃饭，让她妈妈给我做。阿蜜诺的妈妈就到菜地摘了一把油菜花儿。阿蜜诺问我是否吃面条，我说若是有米饭，就不要再做了。菜做好了，是油菜花儿炒咸肉、豌豆尖儿汤。我吃了一大碗饭，将一菜一汤扫光。上楼休息一会儿，这时楼下湖边传来嘈杂声。到露台看，原来阿蜜诺的爸爸昨天从县城买了一只羊，阿蜜诺的爸爸正和儿子还有几个年轻人杀羊脱毛，几个人忙成了一团。

今天，阿蜜诺家要请亲戚和乡邻吃饭，前段时间杀了两头猪，今天又杀了羊和几只鸡，看来这宴请规模挺大。我下楼拍摄这个场景。阿蜜诺说下午4点吃饭，我若出去溜达，一定要在4点前回来。这时看到阿蜜诺的妈妈和嫁出去的大女儿二女儿，村子里的几个妇人也来帮忙，洗菜切菜剁肉剁鱼块儿。整个小院子，剁菜声不绝于耳。这是撒尼人一年一度欢庆春节吃年猪的家庭大型宴请的忙碌。这个场景，我拍摄了许多，也是不可或缺的记录。

拍完这些，我到田野里。又从小学校那边土路向北走湖边。忽见两个孩子骑着一头硕大的水牛，那水牛奔跑着，两个孩子却坐得稳。坐前面的孩子，不停高举手里的树条抽打。后面的孩子，拿着玩具水枪。他们的衣服都脏兮兮的，小脸蛋儿也有泥水。我看得出神，好久才想起要拍几张动人的“少年牧牛图”。连拍几张，直到孩子骑牛飞奔进村子。我很高兴，改了主意，不往湖边去了，要到山垭口那里。山垭口是农人到山后干活必走的路，天天有扛犁下地的农人走过。我又到上午走过的山后，见几个小孩子骑牛归来，他们骑的牛奔跑如车——这种“少年牧牛图”之绝美画面，恐怕只在古诗意境中才会有。我向山后走。湖水、山峦、田野、悬崖峭壁等，让我百拍不厌：天光云影，飞鸟投林，不同时间，有不同味道。

我是否就是一只误入山水意境的小兽，正踽踽独行山与湖连接起的梦境中？

梦境。我只能用这个别人用滥了的词，来代替暂时还找不到的新鲜的词。对于一位欣赏天地大美的摄影人来说，自然界的一切，应是人内心的圣神，要有敬畏之心和悲悯之怀。把自己彻底融入其中，才是亲近自然、聆听自然之有效方式。与它合二为一，才是真正的自然之子。一个人在自然面前，如果不能致以虔诚、守以笃静、投以诗意的心态来对待，那么，再好的景致，再美的风光，对于这人而言，也是无用。

骑牛回家的孩子

对于一个满腹牢骚、吹毛求疵的人来说，大地之美，不能抚慰他心灵的积郁；山河之丽，不能平复他内心的怨愤。即使他看到再多的景致、有再高超的摄影技能，又有何意义？既然是看风景，就须暂且忘记俗世之种种芜杂——难道我们不应该“离开”我们到处充满是非的社会“一会儿”吗？如果，仅为照几张照片就走，风一样匆匆来匆匆去，从一个景点切换到另一个景点，没有任何在风景面前驻足、聆听的心意，此风景或彼风景的存在，于观者来说，又有何用？意识不到此真谛者，乃伪摄影人也。若为诗人，亦是伪诗人。一个心思粗鄙、性情褊狭的人，是没有资格成为大地审美艺术家的。因为在自然大美大纯净面前，肉体与灵魂都应该是透彻的、健康的。亨利·贝斯顿在《遥远的房屋》中也说：“无论你本人对人类生存持何种态度，都要懂得唯有对大自然持亲近的态度，才是立身之本。常常被比作舞台之壮观场景的人类生活，不仅仅只是一种仪式。支撑人类生活的那些诸如尊严、美丽及诗意的古老价值观，就是出自大自然的灵感，它们产生于自然世界的神秘与美丽。羞辱大地就是羞辱人类的精神。以崇高的姿态将你的双手像举过火焰那样举过大地。对于所有热爱大自然的人，那些对她敞开心扉的人，大地都会付出她的力量。”贝斯顿的这段话，说得温和些了。在我看来，自然是人类之师，它是一种“向美而行”的无形财富，它不断地为我们提供富有寓意的表达方式和态度。而梭罗，对于风景与现世俗人的关系，却说得更为直截了当、干脆——“说什么天堂？你侮辱大地！”

我把目光投向山峦和山峦之上的天空，思考摄影艺术家应该思考的问题。眼前开阔的天空和轻浮的云朵，让我不再压抑。阳光明亮，湖光山影也显得特别温情。只是缺少大片森林。这里的山，不像滇西的山高耸峻峭。这里的每座山，都曼妙温婉。据说，山峦下平旷的土地下面，有很多坚硬的石头，因此需要每年施播农家肥，以增加土地养分。水是能存住的，有山峦就有水源。这里万年前是古海，它的喀斯特地貌的山峦之下水源充足。我常看到除了山之外，一块硕大的石崖从田野里“长”出来。有的大石，就卧在一潭水里，像一颗悬浮的史前巨卵，漂泊静漾。农人绝然不会将这些大石移走，他们坚信这是神灵留下的，不能动。这是我着迷的所在。有水，大地才有生机；有石，大地才更像大地。这些大石的周围，一定回响着神秘的轰鸣。石头与时间有关，也与思想有关。比如尼采，为尼采和“为宇宙倾斜”存在的石头，寓意怎样的神性？我的梦境浮现。有如闪电雷声。让我感到个体生命的苍缈与无奈。

我如一块石头，侥幸活着，已然不易。我不能狂妄，也不能自私地占有本来就属于别人的资源。忧伤醒了，一切都是我的过错。田地里的石头，让我明白了生命存在之道。这巨石的内心，到底珍存了多少火焰?

走得有些乏了，坐在山根下一块大石上犯困。阳光实在太亮了，亮得把一切填满。我听着阳光的水声翻涌。天地间拱动着色彩：黄的，红的，蓝的，绿的，紫的。水光闪烁，金子银子到处都是，以至于不得不压低宽檐帽，以遮挡强光直射。穿得太多，身热似火。石缝间的绿植却是欣然，小野菊成片开着，轻香闻不到，有小蜜蜂嗡鸣。这些小野菊也真幸运，没有水牛啃食，也没有谁采摘或者割掉，长得高大、密匝。

折返回村，见阿蜜诺家小院子熙熙攘攘，人头攒动。村子里的乡亲正往小院子里扛桌子——这种情景多年前我就拍过了，附近的邻居把自家桌凳以及碗盆拿来，用于多人聚餐。我算一下，撒尼人节庆聚餐，要摆有名的“八大碗”。现在又岂止八大碗，后来我与他们同桌吃饭时发现是“十大碗”。每桌十人，还需要十个碗筷。每次摆十桌，这样算就得一百只小碗一百只大碗。菜量也大，阿蜜诺的父母先是把藕和山药煮好，盛放进一个大盆，切成碎块的羊肉，在临湖小房子那边的大锅里煮炖；鸡肉与大量的红辣椒煮炖，丘北辣椒全国有名，这个菜一半辣子一半鸡肉，煮得满锅红汤滚沸；鱼是湖里打的草鱼，大锅烹煮加一大盆青葱；猪肉是猪头肉，阿蜜诺家今年煮了两只猪头，煮前用斧头将猪头骨敲碎，然后剁成小块，头骨牙骨一同煮沸，汤汁是奶白色的。撒尼人大碗菜做得实惠，不讲究好看。

上楼歇了一会儿，站在露台看来来往往的人们落座开吃。餐棚子摆了四桌、小院子四桌、厨房两桌。桌子不大，刚好十人，自由组合。但组合上还是有章法的：男人一桌，这样可以放开喝酒；妇孺一桌，吃完就走。接着，又来人再续接批次上桌。我拍这些有趣的画面。阿蜜诺的儿子嘿嘿抬头看见了我，高喊一声："黄叔叔下来吃饭！"阿蜜诺从厨房出来手里拿着新碗筷，向我招手说："快下来吃啊，还以为你没回来正要给你打电话呢。"我下楼，和几个男人一桌，阿蜜诺的爸爸也在，怕我喝不惯高度白酒，就倒了一杯啤酒给我，我向村民们敬酒。

一会儿，有几个村干部来吃酒了。阿蜜诺的爸爸起身让座。我与阿蜜诺爸爸的酒碗碰了碰，起身径直走到那边的一桌。这一桌有阿蜜诺的妈妈、姐姐、阿蜜诺和她儿子。无人喝酒。可以放心大吃了。刚才光是喝酒了，这时细看，这"十大碗"菜品是：

清煮羊肉蘸水

清煮猪头肉蘸水

辣子炖鸡块

青菜煮蘸小料

蒸山药

蒸南瓜

细粉条木耳拌鱼腥草

清炖草鱼块

细碎菜末拌生猪肝

整煮土鸡蛋

这生猪肝前天“品尝”过了，其余的菜都可以，肉不能吃多，太肥，就吃细粉条木耳鱼腥草拌饭。一顿饭很快吃完。妇孺们吃饭快，不像男人们喝酒划拳吆喝，她们吃完就走，又来另一拨儿。我发现一个有趣的现象：这里的男人们，很少有穿彝装的，最多的也只是穿着彝族男短袖。倒是妇女，喜欢那些花花绿绿、红或蓝的衬里衣衫。老妇们下身肥大的黑裤，上身是大蓝红花衣，头戴船形帽；中年妇女或年轻姑娘，则是上身大红衬面黄花衣裳，头上不戴帽子，盘髻或把长发扎上。天热了也不打伞，有时候这些女人实在太热了，就戴一个宽沿儿的布帽，这显得有些不伦不类。当然，她们只是在赶街或者村子里有活动时穿，这个季节穿，是临近了春节的缘故。无论她们如何装扮，我觉得撒尼女人都长得很富贵，美貌动人。甚至形象上有如蒙古族妇女那样的高大、尊贵。她们绝对是相夫教子、过日子的里外好手，丈夫不如她们能干。

吃完到湖边站了一会儿。我看见阿蜜诺的姐姐一碗碗往桌上端肉，阿蜜诺也还在不停忙活。厨房里又在用大号电饭锅蒸米饭。这一顿请吃，绝对已超过了一百来人了。全村大概有一多半的人都来了。阿蜜诺的妈妈吃完饭，又到院门口，向过路的村人招手："来的吃!"

被请者若是女人，一般都说吃过的了。若是男人，有的不客气进来就上桌倒酒开喝，桌上没有位置，就站着喝，这样热闹的场景，别的地方很少见到。这才是和谐社会大家庭其乐融融的景象啊。我甚至想：要是在这里做一个地道的寨民，有吃有喝，有劳有逸，游山玩水，真的是一个不错的人生选择。在这里，我看到了邻里之间、人与人之间，和善、亲切、友好、真诚，即便是作为游客的我来说，起码今天已经感受了一种融融暖暖的温情。这温情足够让我回味。我坐露台，听棚子里传出男人们唱彝族酒歌，把劳动的疲惫一扫而光。歌声里包含着的，是快意生活的态度，热忱、真挚，让人听得陶醉。

很晚了，棚子里的乡亲还在喝，还在唱，有人醉了就大声喊几句，有人大笑，高声说着醉话。个个有酒量，无人要

家宴

酒疯。酒席之热闹，前所未见。这酒吃得很晚才散，却累坏了阿蜜诺的母亲、阿蜜诺和两个姐姐，她们一直收拾院子，洗盆洗碗筷洗杯子收拾厨房。很晚才休息。

第八章 我还没准备 好花就开了

我每次到山湖之间，都是短暂的居住。尽管如此，我还是庆幸这短暂的时光给我带来的无限惬意。一是让我暂时避过了城市的一场场雾霾对身体的毒害；二是添增了一些纯味儿的有关“阿诗玛”的故事传奇的回忆。尽管我试图找到阿诗玛的后代，但人人都说自己是阿诗玛的后代。我从前所认知的阿诗玛是在石林啊，我这样对阿蜜诺的爸爸说。

“阿诗玛的家乡，却是在丘北，就是我们这个村子。阿诗玛是从丘北逃向石林那边的!”

阿蜜诺的爸爸十分肯定地说。这是民族心灵圣神传奇的一个趋同。当然，我并非有意去追究传说。传说有时候是真实的。而现实的对证，却往往是假的。我不需要印证什么，但愿能体验或用内心猜摸其传说之美好，就已足够。我甚至觉得：生活的“亲历性”感知，要比人家说什么你认为就是什么更为重要。一些资料式的考证或考据，即使得到，其意义也并不大。生活本身存在的奥秘太多，一些考证虽然得到了，民族文化之神秘，却失去了意义。

当下我所生活的京城，虽说是繁华的国际大都市，却与我的理想生活本身相差甚远。在京城，总给我一种“人生无根”的飘零感。让我时刻有一种悬浮着的、即将从高处跌落而下的人生的巨大危机。我虽生活在京城，却难以融入它愈来愈狭窄逼仄的快节奏生活，以及令我窒息的环境，由此更加重了我对京城本来就有的“偏见”。我在《过故人庄》中提到破坏环境带来的一系列问题，本能地从内心排拒诸多“贵族文化”对我的浸染。事实是，我的“根”早已死亡，或者说我根本就无“根”可言。我记忆中的诸多乡村已不复存在。我害怕再见到“被改变了”的乡村的模样，从而冲垮我的记忆。但又难拂去对故土的深深怀念。承载故土回忆的大地，早已损毁、破败或凋敝，变得面目全非。宁静被打破，寄望被打碎。我只能在内心发出疑问：如此的改变，到底会让一个游子怎样的不堪？那些记忆，随环境的破坏，被戕害、被剿灭、被改变，这样的人生还有什么值得回忆的呢？

凌晨4时我醒来，思考诸如此类的问题。不禁悲从中来、怨从中来。我知道如此我会更孤独愤世，精神也会更加疲惫。

我必须时时给予内心一些梦幻，才不至心死——也曾得过且过、无所事事；也曾纵酒无度、醉生梦死。我试学阿Q精神，不被残破的现实打败、击垮。我必须如此。否则，我真的不知道什么样的生活才是“有意义”的生活。我带着这样的想法一次次出行，寻找30年前离开的家乡或与家乡类似的故土，寻找那些对应着的绝美梦境。我在我喜欢看到的山水间行走。我在我喜欢闻到的草木清香中流连忘返。我在我今生为之祈祷的原象的本态生活中，不求闻达，只求一份宁静，陪伴我的生活。我只求在此世，能找到与自己的梦想对映着的山水。我无法睡着了，翻来覆去思考今生的命运，那些人间的恩怨与得失。我感到时间留下的伤口之恶劣性质及其可怕的强烈程度。

我觉得某一个年龄段开始的各种冲击，来得如此迅猛，冲击我原本非常宝贵的“生命胎记”。这个冲击是毁灭性的，有一种被强制阉割的痛苦感觉。如何消除这种痛苦？特别是在别人看来一些明显应该得到的利益问题。比如职称、级别、收入等。我不争，但也不放弃。在中国，若是放弃，是需要有冒险精神的。谁能料想未来会怎样？我感觉我的生活方式正在改变。我孤独的性格已经在这个时代不合时宜了。那些阴郁的事情，正向我眨着诡谲的眼睛。我无法读透或者说无法弄懂。但这些不足畏惧。我畏惧且悲观的是城市的污浊，说不定哪一天，我健康的躯体会被污浊侵袭、盘剥，我会不会如愤世无奈的屈子——虽然相信天空终究会干净，但却阻挡不了我对伤痕累累的大地的绝望——这是否对一个时代环境破坏产生痛彻灵魂的绝望？

契诃夫晚年时曾写作一部中篇小说《在峡谷里》，他在这部小说里这样认为：卑劣的行径和高利贷盘剥与谎言相似，唯一高尚的精神与痛苦相连、与大自然的节奏相连、与土地相连、与体力劳动相连。其宗教情怀是如此强烈，竟与晚年的托尔斯泰相同。现实，最为要紧的，是我必须抛弃一些观念性的东西，才能有更准确的判断。这对写作有好处，因为有些东西已经腐坏，无法复原。

现实成了我的心狱，无法挣脱，无法逃遁。我觉得是利益作怪。如果我总是以梦为马，来行走精神天地，我的理想生活又能走多远？会不会有如阿诗玛和阿黑们，走出险恶，到一个自由的地方？走出困境之后，是否还会遇到另外的困境？对我来说，现实严苛，有些事情难以改变，就如同有些事情只能想象无法去做一样。它如同荒诞剧情，总是向着观者想象相反的方向发展，否则就没有意义，其本身也就不会成立。我想起了博尔赫斯的作品。博尔赫斯认为梦中有着令人眩目的自由。同样，对于所谓的“大地梦想”，我同样需要自由来证明理由。而且时常要“敞开”，看看梦境是否按着想象发展。这当然会让人痛苦万分。当年我离家出来，完全是出于一种美好梦想。直到今天，这个“梦想”，我仍然不能释怀。那些梦想的颜色，到底是亮色，还是灰暗？我在风雨路上走了很久，可是仍然没有看到温馨的归宿。也许一切都是我的过错。梦想，我在这里重提梦想，真的有些可笑。

今天大妞来丘北找我。她凌晨3时就起床了，4点钟准时出门打车到首都机场，她一直在家守着，我却逃到了云南。她后来说是“千里寻夫”。我觉得对不住她，同意她来。4时起来给她打了个电话，她已直奔首都机场了，让我多睡一会儿。我却难眠。外面仍然漆黑。夜间的一切静如止水。我出门观望夜空，星月隐匿了行踪。周围一片漆黑，农家灯火已熄，只有树梢和草丛里的鸟儿，不时发出几声啁啾，随后又陷入沉寂。5点，还是无法入睡。索性不睡，再给大妞打电话，她已过了安检。她总是风风火火，买机票也是，不管打不打折，只要想来。我性格里缺少的正是这样的素质。她说今天北京天气晴朗，估计正常起飞。7点钟，我起来喝了一杯开水，开始记录昨天的拍摄情况。8点钟，天大亮。远山如黛，曼妙起伏。那一对仰面朝天的男人山和女人山，这时也醒来了，它们的身体里漫起了曦光。远望湖水，农人划船归来，舱内装满了水草。湖如莽原，平静的柔波下，定然有许多财富，一代代供养着寨人的生活。

阿蜜诺家门前那丛竹子上，两只鹛鸟鼓噪不休。一只鸟蹲踞在弯曲的竹子上，逆光拍，剪影如梦。另一只隐藏竹子里，能听见声音看不见鸟影。看来这一大早鸟儿也吵架。八成是鸟妻将鸟夫赶了出来？竹影里鸟儿啾啾叫着，清脆、急切，有如一粒粒飞速射入湖水的子弹，水的深度决定声音的力度。那些声音划动空气，带动气流的旋转。也让这个早晨更为清幽。天空多了乌云，一丝水流，一片漂泊的树叶，拥挤着、移动着。随着乌云漫起，鹛鸟起劲叫着，似比赛嗓门，又似诉说夜晚悬而未决的问题。我醉心听这对鸟夫妻的争吵，持续时间之长，让我也不禁怀疑起来。它们争吵激烈，显然愈来愈意见分歧，从一开始几句交流，变成了你来我往的拌嘴。一句接一句，互不相让。渐渐，那只隐藏竹叶里的山鹛鸣音变低，那只蹲在枝上的鸟儿开始高唱——它胜利了。乌云渐开，随着竹子细枝绽动起伏，竹枝上的山鹛声音开始轻柔缓和了。它开始独吟诗句。每吟一句，天就亮了一点儿。当它大声鸣啼成长调时，天空已是明亮一片。我抓拍几张，将竹丛拉近，看另一只鹛鸟到底藏在了什么地方？

想起昨天走进了一个鸟的天堂，内心感动。倾听鸟儿盛大的歌唱时，心情是喜悦的。这里的鸟儿，多得不计其数，甚至比任何一个地方都要多。每天早晨，我不是被村寨的鸡鸣叫醒，而是被鸟儿们唤醒。这两只鹛鸟，每天都向我窗子呢喃啁啾。

下楼。见阿蜜诺的妈妈在生火烧水，她和阿蜜诺坐火盆前烤火，木柴绊子发出红色火焰。阿蜜诺问我想不想吃饭，做面条或米线吃。我本想吃一碗，又想人家不吃早餐，还得为我去洗菜，就说不饿。在村子里走了一会儿，上楼吃了两块饼干喝了半杯水，抓一枚柑子揣身上，到东边那片芥菜花地走走。路过一户小院子，老汉正收拾农具，老奶奶正往切割机里填芥菜秧子。机器另一头一堆细碎秆茎沫儿。我问老奶奶，这是不是与谷糠拌一起给猪吃？她说是的。这里的猪吃得也如此之好。后来我从阿蜜诺的爸爸那里得知：这里猪吃的都是自家地里的油菜芥菜，将这两种收割后连同花籽儿一起打碎做饲料，特别是油菜芥菜籽儿，油性大，营养丰富，猪吃了长膘儿，肉质醇香。我说能否为我买一些盐渍好的咸肉，他说这里人家的年猪不卖，自己吃，至于市场卖的猪肉，全是吃其他饲料，肉质根本无法与自家养的猪相比。我见她家一口大白猪生了一堆猪娃，老母猪哼哼叽叽叫着，老猪小猪分圈而居。老猪用前蹄扒墙看着小猪，小猪扒在墙下欲跃入老猪的窝里。这种母子情感，让人感动。

从这家小院子出来，继续向东。路过那天小女孩抢我相机那家时，突然从院子里传来呱嚓呱嚓的机杼声。原来是老奶奶在织布。这种手工织布在现代社会已经很少见了，真是好极。多年前我在云南和其他地区，也曾见过这种机杼织布，比如怒江峡谷、高黎贡山区、西盟佤乡、哀牢山、勐海等地。每次都要多拍一些。我三次来普者黑，这种织布还是第一次碰到。透过小窗向里看，见那小女孩的奶奶正在织布。我将相机伸进小窗子，相机咔咔声与老奶奶的机杼声交织一起。老奶奶一抬头发现了我，没有责备，又继续织起来。我收起相机，走进小院子。老奶奶在小房子门口，我好奇地看这木械，整体与局部都拍了个遍，相信定能有几张不错的作品。我见老人织的是粗线白布。我问她这得怎么穿，她告诉我说，这是织孝布。要过年了，拜拜祖宗。平时织彩布，一般来说是卖的。老奶奶见我余兴未尽，就摘下蒙头的红围巾，露出彝族头饰让我拍照。看来这老奶奶是见过摄影家的。梭子在她怀里一迎一送有节奏拉着，几条绷紧了的白线颤动着，慢慢变成粗纹白布。我拍了一阵，起身告辞。

出小院，到土路上，学校前有一块空地，有几个人站在那里指指点点，那块地有一个专业足球场那么大。肯定不会建足球场，要作其他用途？

我暗自祝祷着：千万不要出现与山村景色不协调的建筑，那将是对山村自然景观的最大伤害。我看这块已用推土机推平并夯实了的土地，内心无比惆怅、失落。

织布的老奶奶

“思想者”的巨崖

转过一山向山后走，路过一个悬崖，很像一位踞山沉思的圣人。“圣人”方面阔口、狮鼻、大耳、眉棱高耸，表情平静，凝望远方。站湖边大石仰角拍摄，天光翻涌，云影荡漾，把大石推得移动起来，看得我头晕目眩。跳下到远处拍，总算将这卢梭似的人物“头颅”拍全了。看回放，不愧拟形之喻。再向前走，见一湖明净，山影倒映，天地难辨。

在有山有水的田野里行走，我喜欢看山倒映水中的影像，那些山峦，有水照映，显得丰盈。风吹涟漪，山也跟着涌荡。用文学概念来说，应叫“镜像体验”。比如语言镜像、文本镜像。山有水，才有镜像；山若无水，便无镜像。山被水诠释，才称其为真正的山。水之秀，是因为有山的投映，愈显细节丰富。一丝水纹会让山的细节丰富。一只小鸟翅膀刮掠的波纹会摇动一座山。我听见山水交互映显时的语言。大地之杯盏，盛装令人心醉的美，云朵的飘逸与时间的改变，也令湖水生动。这些云朵占据了一半的天空。有时候，大片大片从我头上流过，带来的是短暂的清凉。也让一瞬间的山和水清晰起来。因为阳光实在太明亮了，只有云朵，才能让阳光缓放强烈光线。山与云，水与云，相映成景，也改变着景状。陆游有诗云：“晴空万里宽多少，一片闲云足卷舒”，这是画家或摄影家难以复原的自然景状。有时我坐湖畔出神，内心的语言镜像，在自然中便找到了准确的解析。很多诗人闷在屋子里想语言镜像，他们没有真正理解“澄怀味象”带来的生动。人的内心也是一面镜子，映山映水，全在于嚼味。我真切体会到了海德格尔发现一朵花时的激动，他以“遮蔽”与“敞开”之辨进行解答，也是指正了心灵对于自然之物的镜像照射。对我而言，我看花，花在；我不看花，花也在。但在这里，当我猝不及防或没有准备好，那些花儿就早早地开了……

到处花光闪烁。

湖边、路边、田野里、山根、石崖、牛蹄窝。若是到了七月，满湖的荷花，让人怀疑这里就是莲界。确确实实，那些花儿，那些迎风摇曳的花儿，把色彩斑斓全都给了大地。

从湖边转到土路，有一截被水淹没，寨人用几块砖头作垫脚。开始踌躇，但还是踏着跃过。来到一个有耕牛耕作的地方，田野的麦茬牛蹄窝儿里积满了水。稀疏的细草间，有几只硕大的蚌壳，是不是被大鸟啄食过？踏踩田埂，进入山根，走到了有许多巨石的地方。遇水便踩着山根大石走。这样走太累，又无路。再走就有了水，极为艰难，得以手拽灌木方可退回。有一山道可上山，上了一小截，见有一竹棚，里有苇草铺地，想必有人在此住过。

站立山岩，望眼前田野，豁然开阔。仰拍俯拍，角度不错。拍几张下山。路过山根草丛，里面发出叽叽喁喁的鸟鸣，再往前近几步，惊飞了几只。仍有小鸊鷉扑喇喇从水面疾飞而过，带起水花一片。还有四只白鹭成对飞翔，仿佛去同赴宴会。我的远摄水平有限，更无法拍好远天的鸟儿，只好作罢。从田埂上土路，看见积水的稻田里有两只死去的鹏鹈，不知何故，是否农药中毒？这里还未听说有禽流感。看到了死去的鸟儿，立即想起1962年美国女作家蕾切尔·卡逊在《寂静的春天》里发出的关于农药危害地球的第一声惊世骇俗的呼喊。“寂静”在整部书里，无不弥漫化学工业给大地制造的“死亡”气息。生态文学在中国还是一个相当大的空缺，中国作家少有人来大写特写，这让我感到十分忧虑。不呼吁，再忧虑也是徒自伤悲。眼望这块绿意欣然、水源旺盛的大地，谁能料到明天或未来会怎样？返回时，还从那条被水淹没了的土路小心踩石而过。太阳明亮，山水与天光合谋，将一场大火燃起。光焰烁烁，刺得眼睛难以睁开。走回小学校时，又见三两个农人拉牛而过，画面唯美。

阿蜜诺来电话，说家人正等我吃饭呢，问我在哪里。我说马上到。进了院里，见阿蜜诺的爸爸与乡亲五六个在餐棚里吃酒，我也到餐棚里与他们一起喝了两杯啤酒。又是昨天的“十大碗”。我吃了两碗米饭。下午3点钟背着相机出门，忽见人们纷纷往东边那块空地走。不知出了什么事，赶紧凑个热闹。加快脚步，愈接近愈能听清妇女们的说话声。拐过一片房子，就见土路边一群妇女，有的背着孩子，有的手里织着毛衣，有的拄着锄头，或站或蹲，说着什么。我问昨天帮阿蜜诺家干活的一个妇女，她怕我听不懂，比画说这是春节要在这里搭小摊子卖货，正研究抓号。我看见靠近土路的空地，已用白粉划分了位置。当然谁都希望能抓到临路边的摊位。摆小摊子也是撒尼人每年的一个小小收入。每年普者黑仙人洞村寨都有一些游客来玩，春节之后更是热闹了，有些家庭就要在这里摆摊子卖些小食品等。这是村人一个挣钱的机会。上午就曾见一位妇女背着孩子在村子一个墙脚站着，面前摊开一块布，她将两袋子酥糖拆开，分成小堆卖，也能挣几块钱。那边的男人都是坐在地上，有的还扛着锄头和犁，显然是刚下地回来。他们一声不吭懒散坐着。这边女人们不同，大声说话。我无法听懂。当然是讨论哪个位置的摊位更有利。

抓号需要一个过程，由村委会来决定。

年轻的村长和一位长者被众妇女围着，她们叽叽喳喳，向年轻村长建议什么。年轻村长可能是八〇后，瘦瘦的，穿着宽大的衣服，脚穿一双很脏的尖皮鞋。他面无表情地听着，不说话，有时也点点头。村长和老者，以及另外几个男人沿着场地巡视一周，根据摆摊的人数确定界限。所有的摊位在这块地三个边缘，中间停车。走完了场地，村长便和几个男人拎着白粉桶一个一个地均匀划分摊子。每个小摊位8平方米左右，支个篷子即可。孩子们总是热闹的簇拥者，他们在大

湖与山相映

人的腿间钻来钻去，打着闹着。特别是一些妇女，比男人更显得忧虑，担心拿不到好位置。男人们则显得无所谓，有的甚至躺在地上，用帽子盖住了脸睡起觉来；有的还抽起了水烟，默默看着这边。

一会儿，方案终于出炉。村长招呼了一声，妇女们一下子涌到了村长和老者面前，在村长的指挥下排起了长队，就在村长和老者拿出一个纸箱子准备抓号时，这些妇女便很快打乱了队形，场面一度变得拥挤，她们的手伸向了村长和老者手里的纸箱子抓号，抓了号的妇女高举着纸条冲出人群，急不可待地打开。在确定了自己的摊位比别人的好时，便兴奋大叫。那些沉默的或嘴里嘟囔什么的，一定是位置稍逊或不佳的。然后，这些抓了号的，就朝她们丈夫那边一招手，丈夫们便懒怏怏站起，扛着锄犁朝这边走过来。很快号就抓完了，一场集体的喧闹便告结束。有一对小夫妻背着孩子，大概摊位的位置不是太好，脸上始终现出不快，愣怔着站在“摊位”出神。阿蜜诺的姑姑抓了个好摊位，高兴得合不拢嘴。这些寨人很容易满足，哪怕一个挣小钱的机会，都会令他们高兴不已。当然这是一个机会，总比从土里刨食得到的实在。村长和几个工作人员忙完了，松口气，陆续地回去了。剩下的寨人，开始了一场清理场地的劳动。清理后只等把竹竿架起再搭篷布，就可以开张了。他们期待这一天早日到来。我在这里意外地拍到了许多撒尼人喜忧变化的照片。

往村寨里走，看见有个小商铺子，一位老奶奶在。晚上大妞来，得为她买洗衣皂和牙膏，进去问价：洗衣皂4元，牙膏5元。我给老奶奶10元钱，老奶奶找零时找我2元钱。我说老奶奶不对呀，应该找我1元钱。她笑了，带着神秘跟我小声说：我跟你多要了1元钱。应该是8元钱。她张开手，做了个八字。我说怎么可以。她执意要找我2元钱。这老奶奶太可爱了。我接过钱，再将1元钱塞回老奶奶手中。这种一来一往，有如做小游戏般的有趣。老奶奶哈哈一笑说，一回生二回熟，下次便宜卖你！走出小商铺时，忽然想起这位老奶奶的普通话说得不是一般的好。而且她竟然也能听懂我说的话。估计老奶奶家里肯定有小孙子小孙女在内地上学。这个村子，年轻人说普通话，老人孩童无一例外全是本地方言。我听得费劲儿，他们也听不懂我说话。有时阿蜜诺一家子聊天，他们讨论事情不必回避我，大声说就行，加之语速快，我一句也听不懂。俨然成了局外人。可刚才这位老奶奶，估计有80多岁，普通话竟如此流畅。要不是老奶奶穿彝族蓝衣，真不敢相信就是本地人。

中午与阿弟说，晚上我媳妇要来，他说可和我一起开车到县城接站。媳妇今天辛苦，中午接到她电话，说已到昆明长水机场，然后乘地铁到昆明东部汽车站。买的是下午13点

30到丘北的长客，比我那天来丘北晚一个小时。我那天到丘北，因下雨难打车，耽误了整整一个多小时。算来也是差不多6点半左右能到丘北。她第一次来，阿弟说得接站，我巴不得。午饭时，阿蜜诺的爸爸说，你老婆来了，吃不惯我们的菜可以自己点菜，别客气啊，我们是一家人。说得我心热乎乎的。下午6点，我和阿弟开车到丘北，一路大地皆是春意盎然之景。掠过车窗的一草一木，都竞相向天空映射出瑰丽色彩。白脸村的湖水与土路衔接。湖水被风吹拂，闪烁涟漪，波浪推涌，有一种漂泊之感。黄昏的脚步逼近，远山之上，太阳烈火开始褪色。我知道用不了多长时间，天地就会由金黄变成烤蓝。烈火也将熄灭。

丘北县很快就到了。看见菜市场有水果摊，便下车买了两袋椪柑。我看仙人洞村子没有水果可买，这里水果又很便宜，便多买了一些，也送给阿蜜诺家一袋。挑水果时耽误了一些时间，这时大妞来电话说已经到出站口了。我赶紧和阿弟到离菜市场很近的车站出口，结果没见到人。突然一想：大妞应该就在我来时的那个站啊，是西站。赶忙又奔西站。大妞在那里已等了半个小时了。她在家里摔了一跤，又一路坐飞机坐长客真是又累又乏，面容苍白，挺烦的样子。上车时明显不悦。一路我问她什么，也懒怏怏敷衍。我只好跟阿弟说话。

路上我问阿弟，白天抓号的那块空地，是否就是政府的征地？阿弟听我这一问，便打开了话匣子，他说县里管理土地开发的领导因经济问题被调查了。那块地就是被政府收购的商业用地，原想建一个商业区，不料这个标很大，仙人洞村是丘北近年开发的热门旅游村，世外桃源，离城又近，所以火爆，谁都看好，寨民原住的老房子又不能拆，这块地也是村子东面的一块平坦田地，几千平方米，能盖好大一片商业区，这里未来会很旺盛，因此投资数额巨大。这块地闲置好几年了，又不让村民使用，眼巴巴看着荒芜，心疼哪。话又说回来，以前这里非常落后贫穷，虽然都会打鱼，但没有路，鱼运不出去，只能自己吃，你不知有多么的封闭。这样一个与外界没有往来的小村子，人们一辈子安居在此不挪窝，见不着世面。

“但那个时代一定是纯净的！”

我否定阿弟。阿弟笑笑，觉得我太天真。但他并没有反驳我的话，又继续说，后来修了路，人们迅速富了起来，现在村子里30%的家庭有了车。当然了，生态也肯定是遭到了破坏。以前这里没人知道，也没任何污染，真是世外桃源哪。老百姓哪里有那个闲心欣赏美景，这都是你们城里的小资才这么想的。不过以前这里的鱼多得站在路上能看见湖里成群结队的鱼群，小时候和三姐一起上山，从山上向山下望，看见湖里挤着白花花的大鱼啊，那种情景，很壮观啊。打鱼也不分区域，谁想打就打。随着下游水坝的修建，上游耕地也被淹了，加之政府收购土地，原来每家有八九亩地，现在也减少到只有二亩了。种地的少了，做买卖的多了；土里刨食水里找钱的少了，开农家乐小商铺子的多了。不过这里民风还是淳朴的，人心还是善良的，乡邻间没有偷窃行为，有过几次还是外地人干的。他家就发生过有人进院子偷摩托车，被他爸看见了，小偷儿已经把车骑走了。他爸一声招呼，全村人都出来围堵，没出村口就给堵住了，一顿狠揍，然后放了。现在，进村子大门安装了监控。当然也有外村来偷着在湖里打鱼的，这个嘛，都睁眼闭眼算了。

“这湖水里的鱼儿，全是生态鱼，没有任何污染。村民们杜绝往湖里倾倒垃圾，也不在湖里洗涮，这倒是一个好的行为。因此，这湖里的鱼虾绝对的一流鲜美，在哪里也吃不到的。”阿弟说，这个山村的未来，要小心保护才行。农民全靠着这湖水了。没了这湖，什么梦想都没了。事实上，这里的每一个人，都是一尾尾鱼儿。水好，人才能活得好。小山村，大梦想。诗意之地，要呵护，不是“打造”。我们平时的生活方式，也未尝不是自然本态的要求。我曾有诗句“鱼群游进了我的身体”，水至清至净，才是好事，才有这样的情境。但也不胜唏嘘：过度开发，愈来愈让大地难以承受。不无忧虑的是：丘北房地产开发迅速，靠近城区边缘的耕地，几乎全被占用了，农民靠耕地植种已是难以为继，也愈来愈少产粮食了。有农人竟然每年都要买粮食，地里生产的显然不够吃了。再过若干年，又不知会怎样？

这让我再一次地想起了人类原初的伊甸园。

伊甸园这个概念，本质上说是一个宁静的生灵家园，也是爱欲初始的乐园。《旧约·创世记》记载：上帝耶和华照自己的形象造了人类的祖先男人亚当，再用亚当的一个肋骨创造了女人夏娃，并安置他和她住在了伊甸园中。伊甸园在《圣经》原文中含有“极乐世界”的意思。《圣经》记载，伊甸园在东方，有四条河从伊甸流出滋润园子。这四条河分别是幼发拉底河、底格里斯河、基训河和比逊河。现存的只有前两条。但我不知道这样的记载是否真实，肯定的是：伊甸园的世界，是人类“原欲”(或者叫原罪)的开始。对有丛林、花草、动物生趣盎然的天地来说，它的存在不无道理。用佛教极乐世界的理想解释是，佛教的极乐世界是作为人类最高理想来追求的。“净土”是指菩萨修成的清静之地，为佛陀居住之地。净土对应着俗世秽国。

英国作家詹姆斯·希尔顿在构思“香格里拉”这一个人间美境时，明显运用了“净土”与“秽国”这对相悖的概念，力图将香格里拉提纯到一个人间难以见到的净土大境。试图将西方理性和东方最高佛法相互融洽，让人类的灵肉与自然的灵魂完美结合。而这个撒尼人居住的地区，如果我把想象放得远一些，一定更原初、更生动、更令人惊叹。它的美境，上天达地，自由自在。在没有进入“社会”这一人类统治范畴时，一定是溪河遍野、草木葳蕤的天地。没有专制，只有人人尊爱。如同最初的河流，总是自由自在地流淌。到了人类欲望开始勃发时，河流便由多而少，由盛而衰。人的原始功能退化，内心欲望膨胀。现今人类，已然无法像灵敏的动物，能敏感地闻到花香草美的味息了。还有就是，标志着人类文明进步的符号——“城”的建立，是人类走向灭亡的开始。“城”把人类自己层层捆缚，慢慢自戕。英国学者德斯蒙德·莫利斯(Desmond Morris)在《人类动物园》中有这样一句话，他说:“近代以后，人类社群不再是人人熟悉的小型部落，也不再是鸡犬之声相闻的小国寡民，而是人口爆炸的超大型部落。”如此说，在独立于人类的功用上，自然万物是有无限价值的。然而我们却忽视了这样的价值，认为“自然万物都是为人类服务的”，或者认为“科学帮助人类改造自然”。殊不知，从某种程度上讲，正是“科学”和“为人类服务”这些“人类中心主义”理念，很有可能把曾经归属自然的人类一步步引入覆灭！

不再想了。晚上，阿蜜诺的妈妈为我们炒了四个菜，斟上两杯土酒。吃完，简单洗漱，倒床就睡。

第九章

灵魂的形状就是山水的形状

村子里没有吃早餐的习惯，我这几天习惯了。大妞听了高兴，说不吃好啊，清肠胃。天亮时她到露台看湖景，上下天光，一下子被迷住了，昨天的疲惫一扫而光。对于她来讲，这个有湖有山的小村子，是一个完全的陌生之地。到村子里走走，看农人下地干活、撑船捕鱼。我认准了东山附近的田野、湖畔和山峦，领大妞到水洞那边走那条被水淹没了的小路。她穿高帮防水户外鞋，一踩水就过去了。我还是攀山根，笨拙挪步。山那侧的湖边，有几条翻白肚子小鱼，应该是夜晚或凌晨有人电鱼漏下的残喘之鱼。这种状况，防不胜防。沿湖慢走，到山阴后。大妞说这里的景状虽然美妙无比，却阴气重重，她不想再往里面走了。我想让她看山后的那个天然的石椅子的愿望落空。其实走过稻田，再走几十米就到那个“石椅子”了。她说腰扭了，攀山过石时很疼，对那个石椅子并不感兴趣。我们只好回返。

这块地临近水源，肥沃，但不如前年。油菜歉收，价格低落，农民失去了种植的热情。田野零零落落生出的油菜秧子，却成了农户喂猪的草料。前年我在这块田野里徘徊，拍了不少油菜花儿，非常漂亮。现在这块田地有如新衣裳被人扒下，露出了赤裸的肌肉。这时忽听西湖小屋那里传来小黄狗儿的吠叫，有如豹吼。抬眼望，却不见那位老人。大概又去捞水韭菜了，小船不知漂往何处。经过水洞时见洞门大开，有船进去了，水洞隐现着斑斓的灯火。

沿湖走，转山坳，见村庄，那里已是阳光一片，大地明亮，似点燃了焰火。

大妞说，这里才是“有阳气”的地方。

路过一家，有两个老太太纺线，这两位老太太是母女，母亲年逾九十，女儿也七十多了。几个大盆子里放着线团，团团转，愈转愈小，几个石礅子所缠的棉线儿则随着大盆子里变小的线团愈缠愈多。我抢拍了几张，终是不理想，但很有趣：母亲坐在几个盆子边看着线团，若哪个线团蹦出来就把它捡回去；女儿拉着线在几个石礅子间穿梭往来，将白线拉出抻紧。这可能是将线绷直好织布吧。

这种“男耕女织”现象在村里很容易看到。

驻足看了一会儿，回返。阿蜜诺的叔叔正用独轮车往地里送粪肥。见我和大妞，问吃过饭否，可到他家吃。我致谢。又往前走，有两辆手扶车驶过，有骑牛的老者走过。北面山根湖边，还有几只白猪、白鹅、猫、鸡、麻鸭等，阳光下家畜结伴儿觅食或休息，和睦有趣。

房间的卫生这几天被我糟蹋得不成样子，大妞开始打扫起来。她说面对这样的美景，屋子怎能脏呢？我下楼拿来扫帚和拖布，里里外外打扫干净，又把露台地面擦拭了一番。整个三楼无人住。这时显得宽敞明亮，视野开阔，高瞻远瞩。大妞说，这真是个绝佳的风水宝地，可惜这个露台没有桌子，要是有就好了，喝喝茶、敲敲电脑，该有多好。正踌躇，突然发现东边墙角有一个破旧的麻将桌，还能支撑得住。支好麻将桌，将房间两条崭新的浴巾拿来铺上面，再垫两本杂志，放两只茶杯，边喝茶边赏湖景。很不错的发明。做完这一切，露台真的成了观景品茶读书的茶吧了。大妞很高兴，把柑子拿出来摆桌上，阳光照着柑子，橘红、透明。大妞说，今年在乡村过年可不能寒酸，我们是从毒空气肆虐的城市逃出来的啊。

中午。坐阳台欣赏连绵起伏的山色湖光，这暂时的惬意，已令我满足。阿蜜诺的妈妈做好了饭菜，喊我们下楼吃

准备纺线织布

饭。四个菜，全是农家特色：油菜花儿炒肉、豌豆尖儿、两碗肉——阿蜜诺的爸爸从大铁锅里盛了一碗羊肉和一碗猪头肉，蘸辣椒汁儿吃。大妞爱吃豌豆尖儿，直说好吃。北京也有，太老硬，嚼不烂。这里的豌豆尖儿，青脆可口。两盘菜被我们风卷残云吃尽。两碗肥厚的肉，却吃不下。吃罢饭上楼，在阳台给大妞照相，湖畔绚美，心情就好。大妞平时很少照相，也不爱照相，这时却一下子喜欢上了。

万物在太阳的照耀下，熠熠闪光，生动活泛。人的身体与灵魂，也如草木。现在，阳光大亮，亮得让每株花草都呈现细节，每株树木都与山和湖相映相照。风吹拂，花草生动。植物们饱吸阳光，发疯了似的长高。阳光从不吝啬自己的颜色，把所有的色彩，都在大地呈现出来。颜色是草木的思想，阳光诠释其意义。风很大，湖水皱起，水下草影，涟涟闪动。这湖水之下，定然潜藏一个偌大的草原。小船驶其中，有如小马纵奔草原。鱼和虾，似鸟儿虫儿，跳跃水草间。有时我站高处看湖，有的地方颜色浅，有的地方颜色深。这是风吹湖水的效果。还有的，是水草分布深浅。很明显，水草深的多的水域，颜色也深。白鹭在水草丰厚的水域起落，捕食鱼虾。寨人愿意把网笼放在这里，只需放一两天，便有成群结队的小鱼虾被罩在网里。一收网就是一舱。湖里水产丰富，都是野生的，人工无法饲养。湖产小鱼是这里的特色。打来小鱼，以清水酸菜烹煮，美味绝佳。还有湖产大蛤蚌，只需清水一盆，缓二日，让其吐尽泥沙，然后撬开蚌壳，取出嫩肉，以韭菜或辣椒爆炒，浓香扑鼻。农家外墙，常将脱下的硕大蚌壳贴墙，既防雨，也好看。

下午时光，带大妞到村东边竹林看那些石雕。山脚下竹子茂盛，我与她都是喜竹之人，拍了几张照片。欲回时见有老汉赶马车，问我们去不去普者黑村镇。大妞的腰有伤，本想回去，见这马车很别致，还不如去逛逛。问价钱，老者说来回20元，我知道这个价不高，前年10元。今年临近春节，涨一倍也属正常。上车后，老者又问是否逛下青龙山的水洞，我说只到村子看看，跑一圈儿就回，普者黑我熟悉。这么简单的走法，老者合算。看得出他很高兴。如果6人乘一辆车，每人收费3元，还不足20元。我们是两人包车，他的马也省力气。老者鞭子一挥，马车开跑。轻灵的蹄声敲响马路，有时这马还蹦哒起来。有些快，有些颠。路过一段路，一掠而过时，看见有三人在路边摆放香炉烧香，还有一碗饭、一碗肉、三杯酒。三人都面向山根跪着。我不知其故，想必谁家有亡人，这天是祭日？没多想。马跑不到20分钟就到了普者黑，赶车老者的家就是这个村子的。老者说，在普者黑向回转吧，我说这才到哪儿啊，应在村子四周转一下。

老者见我熟悉，便又驱马驰骋。一路见土坯屋，有的被新居遮挡，有的还搞了宾馆或农家乐，看来这里开发得更甚。大妞却赞美这里的空气新鲜。她从“霾区”来，认定了我所住的地方之好。我听了自然高兴。我在这里真正感受到了自由呼吸的重要。路过一户农家门口，有一位老奶奶站在路边，老者向老奶奶打声招呼。随后对我说，这位老奶奶已经101岁了，看起来还是那般硬朗健康。老者滔滔不绝起来，他说，这里呀空气新鲜，水好，吃的都是绿色食品，绝不用化肥农药，吃的喝的呼吸的都放心，人就长寿啊。我说是啊，大自然总是以另种酬谢给有德的人。他听我夸赞这里，把马鞭子甩得啪啪响。其实我真的很喜欢乡居生活，这种有着独特风景的生活方式，把我内心的思念连同梦境拉近了。我把这个小小山村，当作了整个世界来观察，也许就会有好心情。哪怕一些微不足道的小细节，也足以慰藉生命的情怀。它让我的精神得以游历，变得充实、快乐。

一个有趣的事情来了：在走田间土路时，卧在田野里的一匹公马忽地站了起来，冲着马车咴咴嘶鸣两声。老者开玩笑地说："这马看见它的情人了。"我和大妞大笑。老者又说："这些马啊，也和人一样有情感啊。十里八村的，它们都认识啊。"再行不远，又见一公马咴咴嘶鸣。这次轮到我开玩笑了，我说："这马啊，情人还真不少，追求者甚多！"老者哈哈大笑。

马车走的路，是我那天走过的。又到桥头，路过农户土坯屋时，见檐下的窗子下的屋瓦上，卧放着两个陶瓷罐子，罐口朝向路边。与仙人洞村黄老汉家见到的一样。村子里每家的檐下窗前，都有这样的罐子。为了准确了解这一个习俗，我又问老者何故，老者说：

"这是传统啊。路上有好事和不好的事发生，这个罐子就起了作用。好事接收了，不好的事，就被罐子排堵在外不能进入家门了。这个家啊，就不会招来不好的事情。每个罐子，口朝外，都堵住了一个窗口和门。家庭有益矣，家人无忧矣。

这是彝族的习俗啊。”

“比方说，谁家有小孩子出生，父母或长辈就会赐给他（她）一枚葫芦形状的玉石挂在身上。还有房檐上的宝葫芦、虎雕像、蛇雕像、水牛雕像，等等，也是有传统的。”

听了老者的话，我归纳总结了一下，向大妞说了一些关键词：神祇，祈愿，神话传说，人间祸福，远古大水，自然灾难，感恩，图腾，人性，神性……

我突然发现，民族民间的神性传说，其实都是教导人与自然有联系并能达成某种和解，或者说与善的灵魂沟通。人必须尊重自然之神，且与自然建立共生共荣的关系，才是真正的合一，才会健康无虞。有如《圣经》所诠释的，人在自然面前，要净化自己的内心，才会得到圣神的礼遇。我一点也不怀疑，民间的一些风俗，是直接由天意传授的。“天意不可违”，正是这个道理。往往，在一个绝美的自然山水中，人们寄予梦幻，也让灵动的山水呼应着人的灵魂。这些超现实的元素，大大提升了我对这个理想之地所寄望的高度。这正是它能让人想象的魅力所在。

对撒尼人来说，也许他们从未读过《圣经》，或者说从不知晓耶和华与耶稣的故事，但都能在某种情境下有着对应的、从祖先那里传承下来的信仰。再比如藏传佛教的祈祷，也是把最仁善的意念，传播到宇宙中去。莲花在藏传佛教和印度

置放在老屋窗口的瓦罐，能纳福排祸

教徒心中，是象征圣洁的花。污水之上漂浮着莲花纯洁的花香，喻示人的灵魂在尘世的愚昧留恋中，能做到“出淤泥而不染”。类比之，撒尼人的宝葫芦和藏人的转经筒所起的作用，在我看来是一样的。

原路回返，又到了那个有人摆饭酒烧香的地段。祈拜的人已离开，那几只碗已经打碎，酒杯散落一地，烧纸的灰烬还在，几炷半截的香还在燃烧，一件白衬衣一条黑裤丢在那里。我不得其解，问老者。老者说道，是村子里的一个小伙子骑摩托车，把一个坐马车背着孩子的妇女给刮了下来。那女人和孩子摔伤了，住进了医院。这个小伙子的“魂儿”给吓丢了。父母为了给儿子“找魂儿”，特意带饭食酒肉来这个出事的地方，烧香祭拜神灵。他们要把儿子吓丢的魂儿找回来——这是一个“还魂招魂”仪式，这种仪式其实早就存在了。丘北地区有这个习俗，从祖辈一直传到今天，灵验。我终于听到了如此地道、最浅显易懂的解答。我所知道的，一般是给死者烧纸烧香的，还第一次看见听见给活着的人烧纸烧香的。可见这种民间神性力量，在日常生活中就存在，是一个民族对自然神灵和生命性灵的敬畏。

老者说：“那小伙子的魂儿吓没了。魂儿在路上飘着。这魂儿呀，就像流水一样打着漩儿，一个又一个的，有的被风吹到了树梢，有的被风吹到了山崖，下不来了。还有的被吹到了湖里，沉下去了。魂儿被山和水接住了，只有他父母认得。本来小孩子就是仁义的啊。魂儿也是。他们求助神灵，把小孩子丢了的魂儿找回来、领回家。孩子的魂儿丢了，可就完了。”

一种神奇的民间巫术文化。

这一路，从老者口中，我了解了路上所见，全带着宗教色彩。其实，宗教信仰来自民间，又在民间生根、发芽，以至存在下去。合情合理。由此可见，民族的诸多大意义的文化传承，不要排斥，不要灭绝，而是要光大。自然与人，永远有着灵性的感知。它是一种文化信仰和精神诉求，更是民间的一种道德规范的制约形态。我在这里发现了民间文化的光亮，不能说不感到诧异而又欣慰。在村子里，如果细心观察，处处体现这种神性力量。葫芦。罐子。招魂。挂在墙壁的松枝。大石上看不懂的经文。阿蜜诺家的瓦檐下有小兽镇宅。墙角贴的红纸黑字符咒。拴在石雕上的红布条。路口的木雕。大妞说这里的山峦都有灵性，不信你看啊，都是灵物的形状。我观察发现，许多类似虎狮和鹰的山峦，或伏或立，或噬人状或妩媚状。就连湖泊也是如此。看来，那些曾经的魂儿并没有丢失，而是有依附的——它们全都化作了山的形状、水的形状。以虎狮或鹰之态出现，若是夜晚，影像骇人。藏龙卧虎之山川，必是非凡之人的潜隐之地。

回到仙人洞村，老者的马车为我们跑了整整1个小时。大妞说20元实在太少了，再给20元都值。若在北京，走了这么远的路，还不得100多啊。她埋怨我给少了。老者不容易，大妞问了他年纪，71岁了。大妞说这老者比她父亲大1岁，她父亲身体没这么好。精瘦的老者一看气色就不一般，仙风道骨啊。这里的人，怎么都这么精神呢？进村子，见一户人家门外，有老汉手牵细细的麻绳。绳子一头拴着一只硕大的麻鸭，面向火塘，火塘旁边放两个用木棍支成的架子和一炷香。几张圆形的、写有撒尼文字的黄纸已经点燃。袅袅烟岚中，老者闭目沉吟，吟唱一支“经曲”。那唱祷，让人神魂安顿。那只麻鸭也不挣脱，完全像是被符咒定住了似的。路边，我还看到了有零散着的、写有彝族文字符咒的纸片儿。

彝族的毕摩文化博大精深。

“毕摩”是彝族文字的制造者，类似汉字的发明者仓颉。彝族的经书经文，是毕摩进行宗教法事活动的重要工具，也是博大精深的宗教文典。或许是400年前逃难迁徙的缘故，仙人洞撒尼人的经文据说早已失传。他们的经文，全是祖先口传心授下来的。他们认为，如果没有毕摩念诵经文，就不会有天地感应，人与神灵之间就无法沟通，宗教法事活动就无法开展。我对大妞说，这可能又是一种“祈神”仪式，祭拜灶神？或者宰杀家禽之前，为亡灵祷告？又路过一家，也看到火塘边有老者念念有词念叨着。今天是什么日子？为何家家户户做祈祷？问阿蜜诺的爸爸，或许能得到答案。

迎面又见几位农人扛犁赶车，到田地里耕作。内地的机械大面积作业，让农具成为古典的遗存。普者黑地区的耕地，基本属私人化。因此我依然能见到农人赶牛拉粪、肩扛犁锄的情景。太阳炙烈，农人下地，必不可少要戴草帽，穿破旧的军用胶鞋。我在东边村路常看到人们下地干活的身影。中老年人都是荷锄扛犁或赶着牛车；年轻夫妻骑摩托，男的骑，后边坐的女人扛着两把锄锹镢头等，风驰电掣地向东山口奔去，摩托后面卷起一道尘烟。有时候我在村路徘徊，等待农人出现。立起脚架，选好背景，得到诸多农人下地劳动的照片。

村子东头路边堆积的玉米秸垛里，有许多小鸟飞起飞落，它们在那里寻找残剩的玉米粒儿。我看见有两只小鸟儿叼着一粒玉米粒儿飞到旁边的房瓦上开啄起来，直到啄碎能吞下。鸟儿们啁啾鸣叫，它们窜飞的姿态很容易与树雀相混。我用大镜头对准玉米秸垛，见一只褐色小山鹛啁啾跳跃。走近时它也没发现。这是一只异常机灵的小山鹛，棕色小身子，眼睛大，机灵。我穿的是绿色冲锋衣，与路边树一个颜色。我揿动快门，无奈阻挡物浓密厚实，对焦无法穿越阻隔，拍虚了。尽管如此，我还是拍到一些有趣的画面。我再靠近点时，这机灵的小鸟儿“呼啦”一声惊飞了。随它飞起的，还有草丛里的一些鸟儿，全都飞进了山林。我想起从前听的民乐《鸟投林》，鸟儿鸣啼，天籁闪亮。这些精灵，来自山林，非一般的俗世之鸟。山林是它们的窝巢，钻进了山林，就是回到了虫豸丰盛的家。我明白了，这些小鸟来食残剩的禾谷粒儿，也只是想换换口味罢了。

我把目光转向那一片芥菜花和油菜花。这片白黄交错的花田，给周围的泥土增添了一丝鲜亮。迎阳光拍照，逆光效果通透晶莹。大地之上最不起眼儿的小花儿，因自身的芳泽，燃起了大地的火焰，令生命鲜活。这些鸟儿成群结队，奔跃花间，挑选可啄食的籽实。鸟儿被花香吸引，有花开的地方，就有可食的香甜存在。

这时，一个戏剧性场面出现了：一只灰黑鸟儿向花田边一个屋子瓦檐间翘翎鸣叫，声音急切。那里也许有它思念的情人？我判断这是一只外来的惹是生非的鸟儿。果然，一只凶恶的同类追了出来，两只鸟儿在瓦檐间施展轻功打斗了起来。渐渐地，外来者悽惨鸣叫落荒而逃，胜利者抖擞翅膀嘎嘎欢叫庆祝胜利。一只鸟儿从瓦缝间探出头来，胜利者飞过去站在那只鸟身边做亲昵状。我明白了，这是一对夫妻。刚刚战败那只，一定是来挑逗人家妻子的。第三者被战败。我看得有意思，也幸灾乐祸。想着鸟儿也有情感规则的、也有着它们不变的家庭观念，不禁偷笑。这一切，或许又早被电线上的一只白鹡鸰看得真切，这只鸟儿尾巴优雅地一动一动，身着燕尾服的绅士开始唱歌。我离它有10米远，再缩小距离时，它便飞了。飞向10米开外的电线。再走近它，它又飞。它似乎乐于这样的游戏。叫声优雅。它的啼鸣属于一种小调调性，比起小山鹛的叫声，轻灵细致。听上去像是弱小的孩子试吹竹笛时的怯弱。声波传送不会太远，在杳渺的天地间扩散。如果悉心细听、细辨、细品味，会咂出不同的意蕴和情怀。

鸟儿是伟大的语言学家。判断、猜测鸟儿的精神生活与现实活动，也是自然主义作家必备的素质。约翰·巴勒斯的许多以鸟类为主题的自然主义文学作品，如《鸟儿与诗人》《鸟与树》《醒来的森林》等，把鸟儿赋予人性的光芒。我只是用了早晨的短短半小时，就拍到了小山鹛、灰黑鸟、白鹡鸰、黄臀鹎、丝光椋鸟等。斑鸠快速地从山林里起飞，隐入云中。雀鹰和山隼当然更不用说了，它们总会悬浮于山的极顶的空中，双爪下垂着，有如提着枪的空中猎人，用自己的火眼金睛，对山石间的每一处缝隙进行细微的窥察。两边山坡的林子，是鸟儿活跃的地方。山林的喧哗、村庄的宁静，形成了明显的对比。

东南和西边山坡林子里的鸟儿，已是吵嚷一片。

阳光将山林照得阴暗分明，山的缝隙阴郁，林梢则是明亮的。鸟儿们在阴郁与明亮之间飞旋，有如汹涌的海浪间四处跳动的泡沫儿。空气弥漫着树脂和野花草的清香。鸟儿正是为着这种清香而欢悦，虫豸也是这种香吧？不过，这个时节，菜花地里的蜜虫鲜嫩，鸟儿自然就多到田地觅食，它们喜爱吃的是油菜花蕊间的蜜虫。那些蜜虫吃着花儿的花粉和蜜液，香甜无比。引起群鸟儿来啄食。或食湖边浅水里的小鱼儿。我在菜地、湖边出现，让它们紧张。我心怀愧疚。

我从村子里经过时，发现今天许多农家小院里放着担篓和竹筐，还有的农用车已经装上了货物，比如晒干的稻草和大筐的莲藕。一问才知，今天是县城“赶街”的日子。在《阿诗玛》原始资料中，曾多次出现过“彝汉街市”和牛羊买卖等的记载。在过去，一些重要的商业集镇在彝汉族杂居的地区出现，场面相当壮观。不知现在的赶街会是什么样子。决定去看看。

早晨，我和大妞每人吃了两块点心，带上相机到小石桥那边坐车。

9时到县城。那里已陆续有十几个寨人等候。还看到了昨天拉我们去普者黑游逛的老者。他说，明天八道哨也是“赶街”的日子，可以坐马车去。最好和大家一块坐，这样省钱。大妞问多少钱一位，他说每人3元钱，坐满就走。一般情况下是6个人乘马车合算。他明天要在家里修车，不来了。这时大妞拉了我一下，指我看湖畔树下的鸟儿。鸟儿是到树下吃路上丢下的饼渣儿。我走向湖畔，那里有几个人站着或坐着。有一个中年男子，可能是外出打工，打电话要工钱。中年男子说：“没有钱这个年怎么过？我的孩子得穿件新衣裳吧？我的家人得吃顿好菜吧？我得喝一瓶好酒吧？你哪怕先付给我一万块钱，也好让我们把这个年过好点吧？”我判断这是一个农民工，他说的是普通话，却有逻辑性。

去丘北的车来了，人们蜂拥而上，我和大妞最后上车，刚找到座位坐下，司机忽然说：“下去！不去了！”我们只好下车。见那司机将客车停好后就进商店里了。不知这位司机要的是什么脾气，看来一定是心情不好，本来将车门打开让众人上了车，忽然不想走了，又让一车人下来。众人无奈，可能习惯了。又等半个小时。10点钟左右一辆客车来了。我们上去，车先到普者黑村，那里已等候了一大群人。车子被挤得满满的，想塞进一只土狗都难。转头，然后向丘北行驶。我和大妞有座儿，一路望田野景色。有的地荒芜，有的湖水干涸，有的湖水旺盛。过了白脸村，再向前接近县城时，看见路边大片新楼拔地而起，阳光照映，白亮闪烁。前些年我来时，这里还是一片空旷的田野，现在却成了大片楼盘了，速度之快令人咋舌。这些楼盘，已经蔓延到了与乡镇山村接壤的湖畔，就差把湖填上盖楼了。

到丘北。下车。往前走几十步，人山人海。卖小食品、对联、糖果、农贸副食、蔬菜、中草药材、家禽、牛羊猪肉、湖鱼、冰蚕、干果、稻米，等等，应有尽有。和大妞穿梭集市，与农人摩肩擦踵。街道巷子，全是赶街的人，货物就在路边堆积。

我与大妞拉开了一段距离。她个子高，在前面走着，一招手就能看见。她对小食品和手工艺品感兴趣，边走边看。

我见有小胡萝卜买了2斤，又买了芽菜1棵。路过水果摊时我看着椪柑新鲜，想买一两斤，卖椪柑的妇女扯过一个塑料袋往里装，她七八岁的小女儿也过来帮着装，我连连说好了好了，这娘儿俩还是不停，直到装得满满的一大袋子，上秤称量：10斤！我说还得逛其他地方呢，你给我装这么多让我拿着重啊。妇女见我这个外地人好说话，就从袋子里抓出来几只，再称：8斤。付完钱，到前面找大妞。大妞说，你真是个傻根啊，这手里提着多重呀。快回时再买多好。我傻根一样一手提着一大袋子柑子，一手拿着大相机，在集市人群里游走。路过一个妇女卖鸡蛋的地摊时，怕踩了鸡蛋，从摊子跨过。这妇女气咻咻地骂，还站起来打了我几下。我忙解释说，前面摩托车挡路，总不能让我从摩托车上跨过去吧？那妇女不依不饶，骂着我听不懂的话。大妞冲过来，拉起我就走。对那妇女连声道歉，说对不起不是故意的。大妞把我拉到路边，批评我说，你从人家摊子跨过，本身就是不礼貌的行为，谁不生气？老百姓最是讲究。你再磨叽，就把她的鸡蛋全买了。我接受了大妞的批评，背着蔬菜和水果，像个做错事的孩子一样跟着大妞走。大妞又买了凉瓜和瓜子等。

丘北县是彝族、壮族、回族和汉族杂居的县城。彝族的撒尼人集中在仙人洞村寨、曰者村寨、八道哨村寨和白脸村寨。我边走边拍赶街的彝族、壮族和苗族妇女，发现他们的服装不太一样，花色特别。特别是壮族妇女的对襟小袄。而穿厚重彝装的，大都是老年妇女，装束有别于仙人洞村的撒尼人。年轻的姑娘和小伙子和老汉们是不穿的。这个集市上，不时能见到背着篓子的彝族、壮族老妇，她们都是矮小黝黑，行动敏捷，步幅很大，集市的人愈来愈多，她们都能灵巧地从堆积的商品缝隙间一穿而过。人来人往，热闹非凡。这种热闹每隔几天就会出现，只是大车不能行进，汽笛喇叭声响成一片，吵得耳膜疼。

中午和大妞在一个脏兮兮的米线馆吃了两碗米线，不便宜，很少的细米线很多的汤水，要6元一碗。汤水太烫，加之在太阳底下，我吃出汗了。小饭摊的女人从一只铁桶里掏出两只滚烫的盐焗鹌鹑蛋，递给我，说尝尝吧，好的话就买一些。吃完米线，起身向外走。见有卖猪肉的，肥膘有20厘米厚，再看猪排骨，更是吓一大跳，那猪的排骨大得像牛排骨一样。摊主是个小伙子，正拿一把大斧刀砍肉。我问小伙子，这猪是否有500斤？小伙子哈哈一笑说："这猪全丘北、全中国都找不到！1000斤！"我不信。他说："喂了三年啊，这猪食量大啊怎能不肥！"我仍疑惑："三年的猪，能长成牛？"大妞说这么大的猪也成了"猪老大"了，一定是水牛变的。怎么说杀就杀了呢？要是我呀，一定要给这头大猪拴一挂犁，让

摆食摊儿

它耕地，多好呀。我说要是我呀，就给这个“猪老大”申请个吉尼斯纪录，说不定能得奖哩。提着的东西太重了，出汗。大妞怕我在这里又会惹出什么事端，更怕我走丢了，决定提前结束游逛。

到东门汽车站，上车。拥挤。大妞说北京地铁可比这里的人多。这算什么。她有经验地到车的后面站。一路站到快到白脸村才有座儿。大妞让我坐，她的腰受伤，我让她坐一会儿。她又起来让我坐。车开得慢极，到仙人洞已是2点多了。回到阿蜜诺家，上楼时累得不行，一身汗。我和大妞都冲了个澡，然后到露台欣赏湖景。阿蜜诺家小院子静悄悄的，一家人也去了丘北赶街。下午4时，阳光把天空洗濯得干净，洁白的云静止不动，水光四射。下楼转悠了一圈儿，又拍了几张农人往地里运粪的牛拉车景象。路过一家，有车从丘北那里拉回些年货和摆摊子用的烧烤肉串等。那家的妇女看见我，从地上一捆甘蔗中抽出一根给我。甘蔗浅绿，汁水充足。一路向西。阳光刺得眼睛生疼，全身燥热，着短衣短裤也热。湖边水道过桥处，有父子俩打鱼归来，一大盆鲜亮活蹦的野生小鲫鱼。

阿蜜诺和儿子嘿嘿、她母亲、弟弟回来了。说他们也去了县城，想起我们在那儿，计划一同坐车回返，打我电话未接。我说人太多，没听见电话。

太阳快落山时，阿蜜诺的妈妈到菜地摘菜。7时左右，菜饭好了，她喊我们下去吃饭。炒芽菜。蚕豆饭。黄昏姗姗来迟，我坐在露台之上看夕阳下的远近风景。山形湖影，光芒变幻，女神之睡，美矣。山朦胧，水朦胧，人朦胧。打鱼归来的小舟从朦胧湖光里钻出，大美的意境……现在，夜晚的安静向村寨展开。夜幕有如一把大锁，悄然挡住了外部世界的嘈杂。但我依然能倾听到远山的呼吸；但我依然能谛视湖水的神秘；但我依然能触摸到湖水荡起的细微涟漪。

掏出小相机拍广角，一幅活脱脱的《渔舟唱晚》。风景入镜。恬静、幽美。

停泊在浅水里的小舟

第十章 山水神迹

八道哨赶街比县城丘北热闹。寨人对这个集市的准备，明显更充足些。因为距离较近，运输更便捷些。一大早，村子里的人就开始忙碌起来：身背筐篓的妇女和男人早早上路了。有的去采购年货，有的要去卖掉自家的农副产品。一家父子，到湖边把三个装满水的大塑料桶放进拖斗车上，里面是昨天网的鱼。还有人凌晨3点就下湖了，已将网笼收起，将鱼装进水桶。鲫鱼鲤鱼小鱼虾跳着蹦着。还有的将刚刚出栏的猪崽装进笼子抬上车。养鸡鸭的人家，也把鸡鸭装进笼子拉去卖掉。我在村子土路拍摄来回走动的农人。有位老奶奶赶着三只大鹅从家里出来，手里拿着长棍，一边走一边敲着路面，那大鹅摇摇晃晃在前面走，我挡了路，大鹅掉头向旁岔胡同跑了。开始我没意识到挡了人家的路，老奶奶远远吼叫，

赶集

我还傻乎乎地站原地揿动快门，气得老奶奶将手里的竹枝狠狠摔打地面以示抗议。

我这才意识到，是我只顾拍照，挡了大鹅的路，惹着了老奶奶生气。我吓得赶紧躲进院子，又怕老太太追来，便向湖边走去，心里有些忐忑，躲在围墙后面观察。见老人家追大鹅去了，心里一阵愧疚。我在躲避老人的责骂时，看见阿蜜诺的父母正把湖边屋子里的稻草一捆捆往手扶车上装。已经装得很高了，然后用绳子绑好。他说，今天要把这车稻草拉到八道哨卖掉。我问这一车能卖多少钱。他说400元。上楼跟大妞说了今天是八道哨赶街日子，大妞高兴了，嚷着还要去。匆忙准备，想起昨天赶马的白发老者说去八道哨只需3元就到，坐满就走。就去找那马车。路过村子，看见有马车停在村子里，车里仅有三人；还有马车陆续进村子。我和大妞傻傻地走，走到西边停车场。恰好有一空车，也是一位老者，招手问我们去不去县城，我说要去八道哨赶街。老者说他也可去八道哨。车子拉6个人的，我们两个人他要20元。老者没多要。我和大妞上车。老者驱车向前走了千余米，路边有个中年汉子，老者停车让中年汉子上来。马一路小跑。我对老者说，你还可以再拉一个嘛。老者说，不拉了。

路上人来人往，络绎不绝。都是去八道哨赶街或置办年货的。还有三天就要过年了，对于撒尼人来说，置办年货十分重要。中年汉子带着空竹篓，显然是购年货的。他一声不吭抽着烟。赶马的老者则十分健谈，主动与我们说话。我问他哪个村子的，他说是普者黑村的。汉族。普者黑汉族多，占人口3/4，彝族和壮族只有1/4，仙人洞村、白脸村、曰者村和八道哨村是撒尼人集中的村寨，有90%之多。老者赶马太快，我让他慢点儿，他慢了下来，这样能看到许多有趣儿的景象——有骑摩托车带女人或一家三口，有以农用拖拉车载着猪笼鸡笼，有以马车满载赶街的人，还有路上行走的穿着鲜艳的撒尼女人。一派奔忙。

过了白脸村向西转时，土路出现了大小坑洼，柏油路变成了年久失修的碎碴子石子路，异常颠簸，灰尘弥漫，好在车子有篷布遮挡。大妞腰不好，小心地倾着身子。我对路上的马车和脚踏车感兴趣。有的平时只能坐六个人的农用机车，一下子挤了满满的十多人。还有的摩托车一下子带四人同乘。更多的是夫妻骑摩托，中间坐孩子。还有三轮车，车上坐着女人和孩子。赶街的农人大都来自附近的几个村寨。我不停地拍照，无奈马车颠簸，只好用高速连拍。半小时后到了八道哨。八道哨所有街道都成了集市，人头攒动，猪哼鸡叫，骡马嘶鸣，各种农产品、副食品应有尽有。我在人群中穿梭，大妞在前面引领，她很喜欢逛这样的集市，看各种土特产和新鲜蔬菜。逛集市能知道一个地区的富庶与贫瘠，也能了解到当地的特色产业。太阳明亮刺眼，大妞打开了遮阳伞。我提醒她别刮蹭了人。这里几乎没有人打伞，就连少女也不打，大妞显得很另类。我这次也是脚下小心，生怕再踩踏了人家的物品。街市拥挤，到处是小摊子，每走一步都很艰难。还有卖烟丝的。一群汉子正在试吸，长长的烟筒，让大妞感到新鲜。我见得多了这种水烟吸法。先前的水烟筒，是用粗毛竹截取60厘米长的竹节制成的。现在也有用铁皮制成，但缺少了自然的味道。这里仍延用传统的毛竹的水烟筒，筒里盛水过滤烟气。卖烟丝的除了几麻袋烟丝，还准备了一些水烟筒，供人享用。农人围坐一起试吸烟丝，觉得好抽就买一些。烟叶是八道哨的特色产业。想起小时候父亲也种植烟叶，那时的烟草很值钱。父亲种植的烟草很受欢迎。烟叶需要打尖叉儿，也就是把一些不必要的尖叉儿割掉，留下最大的，烟草会长得又大又壮。种植烟叶一般都要大叶子烟，烟叶愈大愈辣，味儿愈浓郁。父亲年轻时是农业技术员，对农耕种植非常在行，父亲栽植的烟草远近闻名，我家院子里常常挂着串成了绳串晾晒的烟叶。再走一段，看见有十多个理发摊子，师傅都在忙着。理一次5元钱。估计农人们平时很少有人理发，过年了，才理个干净的短发。有老妇带着小孙子来理发了。简陋的理发桌椅，像我小时候上学用过的木桌椅。还有卖中草药的，两农人为秤高秤低争执了几句。

中午时分，一些农人买卖成功。有怀抱鸡回家的，有挑着山货回家的，也有的把农产品卖了再买了些回去的。讨价还价的妇人居多。在一个卖竹编篓箕的摊子前，大妞买了一个小竹箕。我说怎么带回。她说放拖包里。我一边拍照一边注意脚下货摊儿。到那边水产摊子，见仙人洞村的几位撒尼妇女在卖湖鱼，她们与我打招呼。黑胖子的小媳妇和昨天送我甘蔗的大眼睛女人都在那里。还有那个一笑两颗镶银牙的阿蜜诺的姑姑，她们都在卖鲤鱼鲫鱼草鱼。鱼之多，简直是鱼的地盘。我怕大妞逛个没完没了，直说累。大妞又买了一

集市上卖大米的女人

集市上的老妇

集市上卖烟丝的妇女和烟客

集市上挑选帖子的老妇

叠子装钱的小红包和一包草莓。她说这一摞子小红包，最好装10块的，万一山村过春节时，看见孩子，就给一个。我们便向来时进口处找那个赶车老人。老人不在那里。大妞说我们走回去吧。就与她一同向来时的土路走，路面的不平，让过往的车辆每过身边都卷起猛烈的尘土。带汽油味儿的尘土劈头盖脸袭来，只一会儿，脸上就蒙上了一层灰尘，用面巾纸擦拭，脏兮兮的。

大妞说我们都成"吸尘器"了。再走仍是此种状况。这段时间整个云南少雨。丘北属于南部低洼喀斯特地带，缺雨意味干旱。尽管有许多湖泊，仍不能让大地得到滋润。加之这条路久不修整，烂路就好像人身上的破衣裳，脸上再光鲜也是穷酸。大妞后悔没在出口处坐车。这样走，何时能坐上车？因为从街市出来的马车都是坐满了的。我试图拦住几个小客，也不停。只好听从大妞的意见，原路返回集市，好在我们走出并不很远。八道哨我2006年曾来过，是走过来的，但那时走了好长时间，是穿行田野的路，这条路怕是找不到了。大妞埋怨我这记性真的不咋样，竟然一点都记不得了。我说是啊，只记得要穿过一大片田野到一所中学，然后到八道哨。那所中学，就是八道哨中学。当时还有一群快乐的小女生呢。我还到了课堂看她们的作文呢。这乡村变化太快，居然变得有些洋气了，山根下尖顶的葡萄酒厂楼房原先是没有的。这里也开始栽种葡萄，路边田野里有大片葡萄，叶子已经萌出，只是没有结粒儿。到了马车场。大妞见有一马车主等客，便问走不走，那老者说，就你两个，30元。我说我们来时是20元，老者说：好吧，上车吧。老者又向街市走去，大声喊了几声。便有三人随他跑了过来。一看认识，是开诊所的老夫妻，还有一位老太太。

马车一路小跑，40分钟后回到仙人洞村。

赶快冲了个澡。这是我来这么多天蒙受尘土最多的一天。阿蜜诺家的太阳能水热得烫人。洗完澡后，又洗了衣服，挂在窗子上一会儿就干了。阳光充足，让一切速干。阿蜜诺的妈妈在家门前的水边洗涮大锅，几个锅洗涮得银亮亮的。擦洗过程很辛苦。我在房间待了很久，出来看时，她仍在湖边蹲着擦洗。阳光太亮了，让一切亮得坦白。我闲不住，又拿着相机下楼。在村子里拍照是件幸福的事。总有令人感动的镜头闯入眼帘。这次是向西边走。突然有小三轮电动驱动车不知从哪个胡同里窜出来，差点儿撞了我，速度之快吓得我躲闪时差点儿掉进了湖里。惊魂未定，细看，顿时瞠目结舌，惊悚万分：驾车者竟然是一个十岁大小的小男孩！

和这个小孩子并排坐在驾驶位置上的，还有一个一般大的孩子，他们脚下的踏板上还蹲着一个六七岁的小女孩儿。这手扶机车，怎能让一个孩子来驾驶呢？大概是他们偷着开车玩耍。孩子驾车在一片竹林边停下，三个孩子从车上蹦下，欢呼着，跑进一个小院子。孩子的父亲就在院子里站着抽烟，他早就看到了这一切，并没有责骂，表情平淡地抽烟。这让我很是惊诧。孩子似乎很威武，走路都劲头十足，一蹦老高。一个孩子手里还拿着塑料枪边跑边突突叫着。山里农人的孩子从小就这么胆大，家长也竟然如此放手不管，让我佩服。

寨民都在准备过年，年味儿渐浓。路上仍见有人从八道哨方向回来，有的担着挑子，有的开着小机动车，载回各种年货。家家户户小院子堆着松枝，不知是用作祭祀还是用作挂房檐的吉祥物。后一种可能性大。我曾看见打鱼或下田归来的农人将草帽或木桨等农具插一根松枝，支在墙边或悬挂，我断定是一种吉祥的祷祝。问农人，他们说是习俗。可我认为松枝是代表神灵护佑的符号，还有感恩的意思。农具对撒尼人来说是重要的生存工具。有了农具，便有了生活福音。对于撒尼人来说，农具是祖先传下来的宝物，更是神的赐予。我在村子里看见，无论中年男人还是老汉，甚至妇女在路上行走，腰间都挂有腰刀，或手里拿着镰刀。即便闲暇，也是如此。他们在劳动时，顺便割些青草回家喂猪牛。

撒尼人对于农具的熟悉程度与生俱来。村子里，谁若是不能熟练掌握农具的使用，特别是男人，就会被认为是懒汉，很难得到姑娘的青睐。过去的撒尼人无论男女，皆是“椎髻”“跣足”“袒胸”。尽管现在再也无法见到这种古风的形迹，但他们曾经的生存，是与土地肌肤相连的，因此获得了繁育后代所需要的地气。少数民族这种“过去式”的存在是美好的、不加掩饰的，它有着西南少数民族特有的风韵。随着现代化进程的衍进，这种不加掩饰的风韵，被逐渐遮盖，变“敞开”为“遮蔽”。在外人看来，也愈加神秘。我始终认为：文明的高度发达，不是以科学的进步来证明的，而是人的头脑仍保留着对“原始态”的追求。这种“原始态”，最是接近于人的本态和自然性。自然性、人性、原始态、人的本态，是大地所应该呈现的光芒。现代社会，愈是开放，愈应古朴；愈是理性进步，愈应尊重传统。

现代文明的浸入，让人最自然最自由的身体趋向衰弱。过去，这里的撒尼人都是擅长骑术和射术。他们身体轻捷、矫健，奔跑迅速，肌腱发达，过着捕猎打鱼、山田耕种的原始生活。这种技能的传承，就更要求人人都必须掌握劳动绝技。那时候，在山里或湖边，随便网到一尾大鱼、捕到一只野兔或山鸡，是轻而易举的事。生态环境，也比现在好多了。人们也是自觉维护生态，猎物够吃就行，决不赶尽杀绝。在对土地的开垦上，按着大家族的分配形式，以山峦为界，部落之间不互相争夺。粮食够吃就行，决不互相侵占，更没有偷盗行为。在撒尼人眼里，自然的一切皆为神、为灵、为祖先留给他们的，不能随便掠夺、占有。

我一点也不怀疑，他们的生活本态和习俗是直接由天授予的。这个“天”，是自然，也是祖先。祖先把农具传给他们的同时，也是把生存的手段给了他们，更是把信仰和教诲给了他们，让他们牢记。撒尼人许多规矩都是慈悯的，比如：不能做坏事，做坏事会得到老天的惩罚。老天会刮一阵大风，将做坏事的人吹到湖里淹死，或掀翻一块大石砸死。若是族群集体做坏事，就发一场大水来惩罚。撒尼人笃信好人会得到“葫芦神”的救助。有如《圣经》记录的那样。我常看见撒尼人家的房檐上铸立一只瓷葫芦，在窗子上悬挂起瓦罐，在村路口塑起虎和蛇的雕像，等等，就连最易生长的松树也成了撒尼人的吉祥之树。他们常常折回小松树枝，摆在院子里或做祭品上的装饰物，等等这些，在《阿诗玛》的影片中也能见到。

在一家院子前，我还看见有一位老汉织渔网，那网口很大，一问是网大鱼用的网子。专用在山岩下的深湖区。檐下老汉的儿子在给另一位老人理发，那老人像个孩子，披着氅布，佝偻着腰。过新年理发，辞旧迎新。一路所见，全是此种景象。贴山根住的人家也是，撒尼女人坐小院绣彩色花布、擦洗锅碗盘盆或整理厨房；男人修补船只、整理农具、往檐下吊灯笼、往家畜圈栏上拴红布条。要过春节了，下地干活的人少了。天气逐渐转热，路两边的泥土和牲畜粪便味道很浓。鸡鸭狗儿随便跑动，家家户户院子里草料充足，特别是节前，不能随便消耗，喻示来年仓丰畜旺。每一家都在节前积极储备，决不含糊。

去八道哨卖稻草的阿蜜诺的爸爸还没回来。大概今天买卖不顺利？我在村子里转悠到下午5时上楼。大妞在看电视，我沏一杯茶，坐露台喝。然后冲澡，水滑滑的滋润。仙人洞水资源充足，家家户户都有水井，抽出的水凉爽，绝好的矿泉水。每座山都是溶岩构成，水渗进洞，水积地下，湖泊永不枯竭。井打得也不深，2米即可见水。这与我小时候家乡是一样的。我小时候家乡溪流遍地，土地湿润；山野青翠，良田金黄。家里打水井，2米即见清水从砂石渗出来，挖3米就泉水喷涌，清澈透亮。饮之甜润满口，沁心爽肺。可是如今，雨量少了，河流干涸了。我总是这样认为：水脉即血脉，水没有了，人的根脉也难以找到了。每每想起这些，都心痛不已。面对被改变了的大地，感觉自己就是一枚无家可归的叶子，随岁月狂烈的大风，一路飘坠异乡。

流浪、放逐，都是命中注定。时间是磨灭生命的武器。资本的烈火，把许多个纯美的乡村烧尽了。能“存活”下来的，真的非常侥幸。计算一下时间，来这里十余天了，真是不知不觉。我却是留恋。有仙灵居住的地方，水土温馨、丰盈。普者黑地区的水系尚未受到污染，仍然清澈柔和，掬之可饮。站岸畔，看见有鱼群来往窜游。再大的风也不起波浪。最深处也只有3米或5米，绝不会再深。我常常看见农人从浅水湖里打捞1米长的水草，那水草的叶子浮漂在水面上，曼妙柔软。用长镰刀一捞就是一大堆。

远山神仙男女仰面天空，身子浸入一脉柔水里，微波荡漾，影像绰绰。撒尼人信奉生殖图腾，这天然的夫妻形状的山，不正是说明“大地生殖”之旺？人、自然，都很旺盛。天地父母润泽的生机如此。生殖图腾还有用木雕来说明，西边的山根下或湖边，就有许多这样的木雕，已风雨剥蚀、模糊不清了。这里我又想到了佛教，它所探讨的是人类在宇宙中的苦难及其根源。性，既是生命之源，亦是虚无之源。远古的神人在顿悟的时刻，让半透明的精气从足部上升，然后从颅顶飘逝而去。菩提心的上升，通过性器官促使血液循环至颅顶，达到天人合一的境界。所谓“开天门”，“如同一只鸟儿从屋顶的开口飞出去”，化入宇宙。这种生殖崇拜在一些村子的房屋或门楣之上有所体现。

有的山还像元宝，湖光天色就是聚宝盆，风调雨顺，还有神兽披天光驰骋。我怀疑湖里的鱼是从山岩里生出的。撒尼人崇拜神兽威慑天地的力量，并将神兽写进了憧想的故事里了。一些个路口都有虎的塑像，驱避邪祟进入。撒尼人非常崇尚老虎，在撒尼语里，“罗”是虎，“倮”是龙，因此他们早先也自称为“罗倮”，是罗倮的民族，意思是像龙和虎一样勇猛而不可战胜的民族。我站在这些“虎神”“龙蛇神”面前，见这些石雕，无一例外，全都是张大了嘴巴，作噬咬状。这种凶猛，其实是无所畏惧，代表着一个民族的坚强品格。

晚上，阿蜜诺的妈妈炒了三个菜：豌豆尖，窝笋炒咸肉，炒土鸡蛋。豌豆尖是阿蜜诺的妈妈从自家园子采回的，现在的时节正值柔嫩脆甜。早上，我让阿蜜诺的妈妈做这个菜，还提出了做只土鸡的要求，这里的土鸡好吃，是农家饲养的。阿蜜诺家大概没有养鸡，阿蜜诺的爸爸答应到集市上买一只回来。阿蜜诺的爸爸没回来，土鸡只有明天吃了。吃完饭走出瓦棚，见阿蜜诺的爸爸开着手扶车回来了，下车时走路趔趄，估计又到谁家吃酒去了。或是路过谁家喝了一顿。但他明白车子要开得慢些，村子里每家酿的“小锅酒”，醉身不醉心。饭后我和大妞上楼，大妞看电视，我坐在露台小桌旁喝茶。大妞用橘皮削成了一个小杯子，给我倒铁观音。这简朴的生活本态，倒是快乐。望着隐藏了形骸的山水，感受生命回归了静美。大自然对人的恩赐，其实更是对人的精神救赎。我感到，活在自然中的人，每一天都过得幸福、满足，这要比活在人际关系复杂的城市更有意义。想到城里的人有时过得劳累、烦恼，心里就有一种满足感，虽然体验的时间短暂，却足以让我回味永久。这里没有强大的“现代文明”，却人人活得鲜润有灵气儿。面对当下经济社会的冲击，大妞不无担忧地说：“再过多少年，这里还会有纯净的湖水、鱼虾、稻米和新鲜的空气吗?”

对于农人来说，他们本身也无法预计未来会怎样，无法想到生态环境这一层面的问题。比如眼前这一片湖，每天我都会看见农人用电瓶接电线来“电鱼”。只要在湖里弄一两个小时，就能弄一筐篓小鱼。电网竿是最祸害生态的捕猎工具，无数小鱼小虾被电死，久之会灭绝所有生态的。这是利益驱动的后果。社会的发展变化特别是城市物质的富足，已然让“原象”乡村中国，悄悄发生着巨变。

事实上，中国古老乡村，早就随现代化文明进程的“开发”而消失，或者说不复存在。对我来说，多年来对“人类大乡村意境”的寻找，也将成为无意义的行为。我的行走或呼吁，也是一种风雨飘摇式的无意义的行走或呼吁。因为，在这个盲目发展的时代，自然之生态，弱不禁风，一吹即凋零。我想过新农村的具体形式和内容，一定是纯朴意义的出新，一定是葆有自然原生态的建设。

农人鱼塘离仙人洞只有几十米，贴近自家耕地的部分水域。这个鱼塘其实就是在湖中用网栏围成的，水深适合养大鱼。这可能受益老宅所处的位置。除了山后几个小鱼塘，这里的鱼塘，算得上比较大的几个了。一对年轻夫妻撑着船，在由细密网子拦成的鱼塘捞鱼。快步走向鱼塘，踏上塘边由木板搭成的廊桥。这对夫妻早就认识，那天在阿蜜诺家吃饭时有他们。他们的儿子就是那天骑牛的孩子。现在，女的撑船，男的用电竿击打水面，这个电瓶的电量更大些，每击向水面，都能看到周围两米范围的大鱼翻滚腾跃水面，然后昏厥，然后被一网捞出，扣入船舱。偶尔女的也捞一下。船里放着塑料箱，里面放电瓶。有的鱼很大，就以网子罩住，慢慢拖上船。我看得出神，拍了几张。那边水塘也有兄弟俩电鱼捞鱼，但捞到的大鱼似乎没这边多。

兄弟两个，一人划船，一人持桨，小心翼翼边划船边观察水里的动静，有如机警的探雷兵。

第十一章 舒筋活血的药

忽然想起今天距离春节仅有三天时间了。购买三七最好在春节前。打电话给小坡地村的张世荣。他说村子里没有烘烤好的三七，只能去丘北找朋友买。可以带我去，一会儿就过来。我上楼。与大妞说了张要带我去丘北购三七的事。实际上我本意是到小坡地村子买。如果那里有，也许能更便宜些。去丘北买是要动用人家的关系或者朋友什么的，总觉得有些不妥。不过，张还是说要来，10分钟就到。小坡地村子离仙人洞村子不远。我洗了把脸，换了一件干净衣服后，张就来了。我坐他的摩托去丘北了。一路大风。车开得很快，我冷极，后悔脱了线裤，两腿凉嗖嗖。张世荣穿得多，戴头盔，上身厚衣，下身厚运动裤，高帮皮鞋，显得精神干练。我的冲锋衣轻薄，这时裹得紧；我的帽子是遮阳帽，这时也戴得紧。丘北县城很远，这个速度足足跑了半个小时，下车后好一阵子，身体才暖和起来。

丘北县城依然拥挤。有的地方行不过便下来步行。张世荣提醒我注意钱包，他说县城小偷多，专对外地人下手。他们有好眼力，能看出你是外地人。张世荣带我到一家，敲了半天铁门，打电话那人说在外地。家人也不在。再到另一家，还是大门紧锁。估计这人也是到什么地方或回了老家。都是外地在丘北做三七生意的，做得大啊。张世荣说。再到一家，那家女主人正用洗衣机漂洗三七根须，一把把往洗衣机里放。这种根须卖得最好，用来煮炖土鸡，舒通血脉，尤其是生孩子的妇女或老年人的最佳补品。但这家的一些三七是半干的，还有水分，刚刚电焙好的。到南门市场那里，见一些卖三七的摊子，前年我购买三七的那家女主人在摊子前坐着。今年三七涨价了，最差的也三百五六，好的八百多。三年生的要四百多。那年我买时370元一斤，我当时买了1000元的，打磨成粉装包带回。张带我在南门市场转悠一会儿，都没有合适价格，便到一个小吃摊那里每人吃了碗饵丝。之后再到另一家三七店，那家门前两位老人在掰三七根须，将根块和须根分开。老人的手灵敏地摘着。儿子站在那里与张说三七的价格。那人拿出一包烘焙好的三七来，是三年生的，但低于400元不卖。我看这家的三七青石色泽。张说这亮泽是用玉米棒芯儿搓出来的，是今年的三七，品质不错。但那人说无法打磨成粉，再说机器也脏得很。我执意要打成粉，那人便到一边抽烟去了，再不理睬我们。其实，这是精明商家的战略，表现出高傲或不屑一顾的样子。他断定来购三七的外地人决然不是无钱的人。外地的精明者先说大量地买，待价格下来后，就借口品质差，少买了。现在他眼前这个外地人，却说只买3斤左右，购买量实在太小。他无法判断眼前这个人到底耍什么心眼儿，不过，这样的判断让我着实自豪一阵子。张过去与他低声交谈一会儿，过来跟我说，你要得太少了，起码得10斤以上，他会给你便宜点儿。他要的价格不高，这三七是三年生的，质量不错，很合适。我说再往前走走，前面好像有几家。

张说他认识一家。把摩托停在路边，到不远的南门菜市场，见到一个妇人蹲在那里卖蔬菜。她男人是卖三七的，她说男人在那边卖核桃。张领我找了一圈也未找到。妇人便带我们去找，见她男人在路边卖核桃瓜子。那人问我买多少三七，我说3斤。那人笑了一下说，太少了不值得，不愿意回家取。我和张又返到女人洗根须的那家店。那家男的很年轻，背着孩子从楼上下来，把一竹箕块状的和长条状的三七拿出来，说这是刚刚烘焙好的，低于400元不卖。我问能不能打粉，他说不能，他这里没有机器。但这个男人很聪明，也能掌握

草药摊

市场上的三七

买家心理。他见我犹豫，就说打什么粉啊，不就是泡水喝吗？用一块纱布包住三七，然后用铁锤敲碎，不会四处迸飞，取小块儿泡水，直到苦味儿消失，嚼食即可。你要打粉，人家给你调了包，调成了掺入化石粉的三七，你亏大发了，我们家实在，不会坑人。你送人送整个的多好啊。我觉得有道理。问这些多少，大概3斤。用砣秤一称2.7斤，张说再添几块买3斤吧。我说可以。那男的又从屋里拿出一些添秤。1200元。买卖成交。我再三问张世荣，是否今年产的焙干三七，张说没错。他用牙咬了一下，脆断的白茬儿，新鲜。

张世荣骑摩托带我回普者黑仙人洞村。县城又是一路拥堵。摩托比人还要多，简直成了摩托队了。中午太阳温暖，不像来时的寒冷。这时节已是春天，大地脉动生机，成群白鹭掠过天空，栖落沼泽、浅湖吃着小鱼小虾，有如大朵花儿，点缀在黄绿相间的田野湖畔。湖水的气息沾在了快速掠过的身体上，有大海的腥膻味道。

摩托很快驶进了阿蜜诺家的院子。我掏钱要补偿张世荣的辛苦，他说不用了。

昨夜霏霏细雨，今晨天气骤冷。湖面之上氤氲着轻雾。那雾，洁白如蒲公英的花絮，似童年的歌谣，淡淡、缕缕、丝丝、扯不断、撕不开，黏着花草气息。轻雾，让远山模糊了形骸，把湖水融进了天空。树鸟鸣唱着，却看不见在哪棵树栖息。一片寂寥静谧的清晨小景。起床，下楼，问阿蜜诺的爸爸能否给做碗米线，阿蜜诺的妈妈说家里没有米线，得去村西边阿蜜诺的姑姑家取来。我到小学校操场。有两个水泥做的乒乓球案子，已破损。小学校外的门牌上面写着：云南省文山丘北双龙营仙人洞小学。里面的教学楼则写：上海松江希望小学。

是上海援建的小学。内部设施不错。这个教学点的小学生是仙人洞周边地区的普者黑的几个村寨，包括小坡地村。一排新瓦房，依山而建，院子里树木婆娑，水泥地平整。整个小学校高出下面的土路。小学校离村庄有200米距离，中间隔了两块田地，显得幽静。

想到多年前与两位同学到援建的贵州黔东南黎平县肇兴乡新平山村希望小学校进行新楼验收，就感慨万分。这个小学校投资了76万，是两位天津商人出资投建的。这次投建，归功于两位同学的交际能力。一位负责找资金，一位和我负责寻找贫困的山村小学——那是一个贫困的、山清水秀的小山村里的一个小学校。在中国，对教学的关注，民间较为活跃。尽管政府有许多措施，但现代教育却有许多盲区和死胡同。边远山区的孩子上学，依然困难重重。民间人士的热忱，只能是杯水车薪，力量远远不够。我们在黔东南寻找可建的教学点时，曾遭遇种种困难。好在，那个希望小学历时一年终于建成了。对教育落后的当地来说，硬件配备更重要。高质量师资队伍的稀缺，让人不得不怀疑这种“中国式的助学”到底能坚持多久。中国式的山村教育，正是当下要思考的。仙人洞希望小学的援建，是否会遇到如我们的境遇?

向东边的山根走。一路静幽，感觉村子里“年味儿”不是太浓，不知是何原因。因为我依然能看见有农人到湖里捞水草，有农人扛着犁锄下地。一户院子里有老奶奶烧水，我问她放鞭炮不放，她说今天下午4点才开始庆祝放鞭炮。路遇一个从湖南来的摄影者，问我这里哪儿的风景好，我说，山前住着人家，山后住着神仙。他说这里的鸟儿真多，刚刚有几只鸟飞过，有一泡屎落在了他的摄影包上了，他就不敢再往竹林多的地方跑了。我心里暗笑他的天真。我让他到山后转一圈山。天虽阴郁，却有味道。拍拍湖面弥漫的雾气也挺好的。后来知道他叫彭岚，是湖南某高中的一位数学老师，喜欢独行、摄影。第一次来这个村子，一切都感到新奇和陌生。大妞这时来电话，说阿蜜诺的爸爸买来了米线。于是疾步返回。

轻雾缭绕湖面，有几缕飘了过来。远山、瓦屋、树木，被雾气罩住，朦胧处露出黛黑，有种神秘意蕴。天光渐亮，一股清风把雾气扫光，村寨的房屋在阳光下闪动着青黛的瓦檐，不会下雨了。听村人说，每年除夕这天，这村子都是阴天或下雨，很准。进入正月之前最后一天就这样阴冷。好像脱去旧壳的感觉。寨人都认为这是除旧迎新现象，也是神灵将沉重的东西丢弃，让清新来临。过了这天，新春就开始了。我不知这是地理因素还是自然因素。寨人平时穿民族服装，外罩一件汉人的棉衣或者军大衣，御寒保暖。特别是到湖里打鱼的农人，更是穿得多。家家户户小院子升起了火堆。男人劈柴，女人扫屋。院子堆满了木柴绊子，生火烧饭用。那家打鱼的女人正在涮锅洗盆，门前有一尾大草鱼扔在地上，鱼身沾满泥土。我问她这鱼要做吗。她说这鱼死了，扔掉。

她说自己家从不吃死鱼，尤其是鱼塘养的鱼死了不能吃，这是撒尼人的习惯。我不知她说的习惯是不是忌讳什么。我问她昨天卖了多少鱼，她说300多斤，每斤10元钱，昨天卖了3000多元，这年过得富足了。

阿蜜诺的爸爸开始往大门上挂灯笼，大门要挂，小院要挂，房屋的门楣要挂。阿蜜诺在湖边焚烧垃圾。儿子嘿嘿拖着大灯笼在院子里玩耍，把灯笼的挂钩儿都弄掉了。阿蜜诺家门前水道有人划船。节日的到来，并未让一些勤劳的人家停止到湖里打捞水草和捕捞鱼虾。11点左右，阿蜜诺的妈妈将大盆小碗全拿出来了，蹲坐井边开洗。儿媳妇背着婴儿帮忙。村子其他家的小院子也开始飘起了炊烟。今晚才是村人庆祝春节到来的时光。现在是准备阶段。阿蜜诺的爸爸和阿蜜诺分头采购年货。一会儿回来了，从车子后备箱取出啤酒饮料水果鞭炮等等，还有两只土鸡。下午我在村子里转悠，发现街道静悄悄的，没有以往的忙碌，可能大都在家里忙碌。有的院门敞开，院子角落架柴烧锅。

下午4点，果然开始放鞭炮了。鞭炮一响，意味年饭开吃。吃年饭要放鞭炮。炮仗无一例外是挂鞭，拴大门口树上，一通响，碎红的纸皮撒了一堆。阿蜜诺家放了三挂千响鞭，然后阿蜜诺的爸爸在楼下喊我们下楼吃饭。阿蜜诺家单独为我们做了一桌。六个菜。我和大妞坐在饭棚子里吃。大妞还说让他们过来一起吃，我说人家自己在屋子里吃了。我从半开着的门缝，看见阿蜜诺面对供桌，鞠躬三次，燃两炷香，插于供台。我明白这天吃饭前，因为要祭祖，不能有外人。阿蜜诺的大姐二姐没回来，春节第一餐要在婆婆家吃。

阿蜜诺的爸爸拿来了梅子酒，给我和大妞每人倒了一杯。有些微苦，再品就品出了甜酸。菜做得可口，除了猪头肉，其他都吃了。吃完上楼，听见村子里放鞭炮愈来愈多，天黑之后更多。阿弟又从车子后备箱拿出礼花，在院子燃放，礼花弹穿过竹子，嗖嗖腾空，天空立即迸开硕大的花瓣儿。阿蜜诺的儿子欢呼雀跃，大声叫喊。孩子们在村子里跑动，小狗儿兴奋得乱窜。在仙人洞村，阿蜜诺家富裕，鞭炮和礼花放得多。我向村中心走去，见那里也有不少人燃放鞭炮礼花。大都是年轻小伙子和小孩子们。回返小院子，见阿弟与阿蜜诺的儿子还在燃放。不知他们买了多少呢。

春节晚会开始，还是俗不可耐的老套路，只不过看热闹罢了。除了这个节目，平时村子里的人家从不看《新闻联播》。冬天是闲散的日子，没什么可消遣的。所谓文化的差异性，在这里并不能体现。文化的认同与排斥，似乎只限于内外文化环境的抗衡。我站在露台，感受湖那边吹来的清风那么自由和舒爽。这个地方，虽然有现代气息的渗入，却仍然葆有纯粹的自由本性。身在此地，感受自由，我还希求什么？

我庆幸自己及时觉醒，对过去的某些认知有了改变，不会在暮年时懊悔。这当然得益于现代传播对我内心堤坝的一次次冲击，这个冲击是巨大的。我写着，像自由的鸟儿，只为内心的啼鸣；我走着，像自然的叶子，只为萌生和凋落，更替和除去陈腐的东西。我在迷茫中，进行着一场场从外壳到心灵的蜕变。那些植物的微小生活或者说生灵的卑小生活带来的期待，都是我所要知道、记住的。在乡村，即便是一棵草，也是自由的、快乐的。但对于我来说，只有低伏下来，像一株草那样，低到与泥土同样的高度，才能感受到那些所谓的“卑小”到底有多高，或者我倒下来，让小草高过我的头颅，倾听卑微的生命，与命运抗争的呼喊，或者发出的叹息。但我不悲观，也不随风远逝，更不逆流而行，我只要像一株自由的草木，已然足矣。

远处有昂扬的狗吠，随即是呜呜咽咽的低叫，那一定又是谁家主人喝高了，狗儿前去迎接。狗儿能分辨出主人的脚步。第一次来阿蜜诺家，夜晚就是大黑将我认出来，领我回家。第二次来，大黑不在人间了，让我好一阵难过。还有麻鸭和土鸡，渴了就自己到湖边饮水，然后回家。村子里的自然元素俯拾即是。人们依然保留节俭的风气，燃放鞭炮也是象征性的。这个村寨过除夕，不会乌烟瘴气。农人只是默默在堂屋摆供品、焚香、燃蜡烛和点亮长明灯，这是对祖宗的纪念，不仅仅节日，平时也这样。今天是初一，仍见湖面有小船在轻雾中悠荡。小船愈划愈近，靠近眼前。看清了，是一男一女：女的红袄绿裤，男的一身棉衣，将竹竿一撑，就到了岸边。夫妻二人从船上卸下大筐水草，等在那里的，是他们的儿子开来的手扶车。一家人装车，一船水草装了一车。还有一大盆子肥美的小鲫鱼，闪着银色的鳞光。一家人坐上车，嗵嗵开走了。我无所事事地溜达，听不见鞭炮声，看不见有节日的欢庆。早饭不是水饺，是米饭和排骨汤。撒尼人不习惯像汉族人那样拌馅儿包饺子，依然以稻米为主食，过年也不例外。这种不习惯让我的漂泊感强烈起来：为了“找清静”，躲避污浊空气，却以精神失落为沉重代价，不能和亲人一起过春节，终究心痛。尤其是大妞，她爸爸和叔伯每年都要聚会，今年她为了陪我，到云南过春节而离别家人。虽说这里山青水清，终究不是自己的家乡。我感到对不起她。古诗人之羁旅情怀涌了上来，一阵酸楚，几近落泪。

村西头的寨中心开始热闹了。一定有祭祀活动。果然，有两个汉子在虎雕那里燃放鞭炮。噼噼啪啪。虎雕上系着红布，雕像四周，堆满了新鲜的松枝，将一个虎石围住。一些炮仗碎屑，散落在松枝堆里。几个孩子在附近寻找未响的磕了捻儿的炮仗。这时又有一位老者牵着水牛，绕虎石一周，然后立定，燃放一挂鞭炮。那水牛哪里受得了，恐惧着想要挣脱绳子逃离此处，却被主人绳头猛抽喝住。这水牛也是见过了阵势，只是害怕那从青烟中不断炸响的炮仗。鞭炮在松枝里发出一连串的爆响后归于沉寂，老者便牵着牛离开。这时又见几个挑粪筐的农人或开着农用车的人，也是绕虎石一周，燃放一挂鞭后离开。我看得有趣，不知这种习俗到底喻示什么。大概是祈求神灵的保佑。这种祭神方式，我第一次遇到。

村子中心有的人家将摊子摆了出来，大都是烧烤：羊肉串，鸡翅串，小鱼小虾串，菜蔬串。空气中飘浮着烧烤食物发出的味道。商业气息无孔不入地渗进了古老的山村，来此散心的城里人，也将习惯带了进来。习惯不是习俗，是平常需求，是满足城里人随时涌至舌尖的需要。乡下人也正是从城里人的这些“习惯”中，获得了一点儿现世利益，以填补即时家用。这在乡下人来看，确是好事，但也带来了污染。那些大腹便便、满脸流油的人，傲慢无礼，缺少素质，他们造成环境的恶化。我在湖边看到那些小摊子给明净的湖水带来污浊。那些丢在岸边的碎纸、塑料膜、一次性筷子、餐盒等，把整洁的湖水弄得脏兮兮的。那些鱼们，一定很有意见。

沿山根栈道行走，边走边欣赏湖畔景色，愈走愈清幽。

狭窄小道通向了山的缝隙。那里是远离人群的幽静所在。大妞说里面太静，害怕，不想走了，遂带她折返。湖边有许多孩子往湖里扔炮仗。这是一种外壳塑料、里面装药的鞭炮，是一种防水炮仗。燃放者掌握好时间投出去，刚落水的一瞬就会爆炸。炸起的水柱有五六米高。我看到湖边上有些翻白了肚子的小鱼，是让水炮炸死的。

想起以前也曾看见有人在河里炸鱼：将啤酒瓶子装满了火药，瓶口有药捻儿伸出来，点燃后立即投掷向河心，“炸弹”威力更大，能炸出十几米高的白花花水柱。有的沉得深些，就在水里炸响，水面水花翻涌，立即就会有一些鱼翻白肚皮浮漂上来。大鱼被炸晕炸死，小鱼更是不能幸免。这种猎鱼手段，是对水中鱼类的恐怖袭击。生产这种“水炮仗”的企业，也定然是针对一些海边及湖泊多的地方。我常在报纸或网上看到某省某县某个村子地下水资源因当地引资建厂排污，长期污染水源导致患癌症或其他严重病患。这是罪恶的环境破坏所带来的恶果。我们在经济高速发展的同时，更应该重视生命的质量。

我听见了一棵草的叹息。

湖边的摊子愈来愈多。那天拉车的老者在不在？没见到。想坐车到山那边走一走。坐马车看景亦是不错。问另一位马车夫，他毫不含糊地说坐车可以，50块！我说那天才20块。

燃放炮仗祭神

他说那是那天，现在要过年了啊。不坐了，在湖边溜达也挺好。天冷，坐马车更冷。看这天气，又阴了。在山村里散步，也是一种享受。

路过一户人家，有一小土狗跑近我，抱住我的腿不放。我奇怪，不知这小土狗为什么见到我这么热情。我说我有亲和力，狗都拿我当亲人。我让大妞给我和小土狗照了张相。小土狗的主人过来，将小土狗抱走了。那主人边走边数落那只小土狗，真是奇怪，怎么抱着人家不放呢？

或许可以用“前世修缘”来解释这只小土狗的亲昵行为。我却相信灵魂沟通的存在。有些灵魂能够感知得到。灵魂与灵魂的对接，需要天地感应。就像那天在路上见到的为吓丢了魂儿的孩子“找魂儿”，一定有感应。对动物的慈悯、怜爱，也是对世界的博爱。德国著名戏剧家瓦格纳曾经设计过这样的台词：“不许打扰动物们。”这句台词，包含了巨大的生命关怀之内容，它生发的是与“人类记忆”有关的美好理想。

不管如何解释，我还是喜欢小动物与人和谐共处。我喜欢小动物在我跟前做一些小把戏。动物也看人的表情，和善的人，总能与周围一切亲密起来。其实，在动物的眼里，我也是天地间的一只小小动物、自然界的一尾小小的鱼儿。

第十二章 撒尼秘境

回到阿蜜诺家小院子休息片刻。刚才还是阴郁的天，突然放晴。“晨雾照晴天”，古谚不虚。再过一会儿，乌云被天风扯得七零八落，最后只余丝丝缕缕的云絮。天空更加纯净。湖边的白鹭翩然起舞。稀疏的林子里，鸟儿啼鸣。洲渚之上，青草可数。阳光照耀的远山，呈烤蓝色调。山脚的农舍在绿树的掩映下，有如盒子。裸露的泥土，则闪映出鲜润的光泽，像闪亮的农谚。白鸟起落，带动了山林湖水。

天晴了。

再到广场边，烧烤冒起的青烟让我没有胃口。吃凉皮吧。到观音阁山脚下，看见有两个十五六岁、学生模样的小女孩在摆摊儿。小摊子在路边，餐桌在竹林边缘，那些竹子根根劲直，枝叶茂盛，风一吹沙沙啦啦响，坐这儿不错。小女孩卖的是酸汤凉皮。酸汤是油菜腌制发酵沁出的酸汁，凉皮儿是自家用绿豆做的。坐下，要两碗。小女孩从一只大塑料桶里捞出一把油菜，切碎，将碎菜沫儿分放两只碗里，然后再放切好的凉皮，最后从桶里舀出酸汁浇在碗里。这就成了一碗酸甜汤汁的凉皮儿。端上来，先尝一口，只酸不辣。桌上有小米辣，舀两匙放入，拌开，唏溜溜的麻辣。边吃凉皮边喝汤水，好吃极了。天热吃，发发汗，更好。

散步到石雕山神那里，见一丛又一丛粗大的毛竹伟立摇曳。竹子丛生的山根下，有石梯绵延隐入大石，又从大石丛里伸展出来。踏石梯而入，循道而攀，再走就变成了向上的石径，再向上就能登临山顶。第一次来村子时，曾在傍晚黄昏时分，登过这座小山峰顶。

山顶有木雕“男根图腾”和“女阴图腾”，是撒尼人生殖崇拜的象征物。图腾在山的最高处，也是生殖信仰至高无上的意思。想让大妞看看。我说山不高可以上去。我捡了一根竹棍给她拄着。她因为腰跌伤，不能爬得太快。慢慢向上，宽阔的山梯突然一下子变窄，山路陡峭，成为盲肠小道。曲折的小山梯道两边，有大石可扶，也有丛生的杂树，可以身倚之。有的山石如削如割，有如刀戟。山虽不高，却集巉岩危石于一处，崚嶒险要，峻拔坚挺。有时小道就在两大石中间，仅容一人通过；有的地方还生出了斑斑绿苔，树叶遮盖，

立在山中的神木

路边的木雕

男性生殖崇拜木雕

女性生殖崇拜木雕

得小心踩踏，以防滑倒。一路谨慎。这些岩石一律青黑色，坚硬、冰凉、形状不规则，有如火山的岩石，立着的、卧着的，有如怪兽。或许来自地壳变迁火山喷发的年代？我恍若看到青岩的纹络，清晰地标识什么，让后人来破解个中奥秘。我试图发现螺壳之类化石，只看见黑岩表面坚固的石花如点点刺绣。这样的欣赏只是一瞬。脚下局促，让我不能悠闲观摩。精力集中不致打滑。当然不必担心这样的行走，会惊扰了花栗鼠和正在筑巢或孵卵的小鸟儿，它们知道我笨如水牛。慢慢攀爬，我似乎听见了远古冰川倾泻而下，天地骤变，大块冰碛石流落至此的宏大场面；似乎听见了回荡在岩壁的阿诗玛唱出的永恒歌声……

脚下艰难，让我只想快些登上山顶。山道陡窄得吓人。过每块石岩都不敢稍停，石岩一个又一个，给人的感觉，就是一个天空之上漂动着的巨大岩石。向下望竹篁或湖水，有晕眩欲坠之感。骑虎难下，唯有继续攀登。大妞异常胆大，累得气喘吁吁，说大年初一爬山有讲究啊：这一年的生活会提高质量。山道逶迤向上，螺旋直接“拧”进了天空。我的身体尽量贴着山体不往下看。越上越高，石梯有如蛇道儿，如果有石头顺石梯滚落，也会是旋转着的，肯定无法躲避。

从山根到山尖，用了40多分钟。山顶之上，砾石丛生，灌木庞杂；环形小径，直通尖端。我第一次来时，曾爬上尖端的巨岩。这次再看见巨岩，依然是蜂眼儿密集的火山石。岩石本身也抖擞着生机。这是地质年时期的产物，它们以裸呈的方式活了下来。我在岩石间走动，发现两个木雕不见了，拔除时留下的坑洼还在那里。石拱门还在。进里面，有两米见方的小块儿空地。或蹲或卧或盘膝扶跏而坐，皆可。山顶植物稀少，只有那些适合高处阳光和大风的小叶枫、野山枣、山棘、蒿草、蔓萝科爬藤等小棵灌木，它们与杂草交互生长。一些草木刚刚发芽儿或吐出小串儿的柔荑花序，从岩缝钻出来。远远看去，仿佛笼罩了一层淡绿的轻雾。大多灌木我不知道名字，地面难以见到。有的巨石还爬着藤蔓以及寄生的细小的蕨类，好似一条网状的披纱。巨石开裂的纹路，如钢刀砍过的刀口，或如被绳子勒出的伤疤。这些刀口和伤痕，让人生出无限联想。阿黑哥啊，阿诗玛啊，这里的每一块岩石，都似他们苦难的故事。游荡的石头和游荡的灵魂，让我看到了沉寂的身影。我在山顶之上，找到了对应的传说影像。听见了洪水卷着灼烈的时间汹汹荡荡而来。一个穴痕一千年，一块岩石一万年。沧海时光，猎猎罡风，吹开了激流，那些无法填补的划痕，似时间的伤口，不忍目睹。

山顶风大，帽子差点儿被吹到山下。寒冷，裹紧风衣也不行。摇摇晃晃站大石往山下拍照，风光尽收眼底——湖与山相挽，田野与树木相携，水光与云朵相拥。蓝色漂动。黑岩漂动。我的魂儿和一棵草木的魂儿融在了一起，我的梦幻和山上的一缕清风搅在了一起，慢慢幻化成天光闪亮。我的身体里有一群鱼尽情畅游，翻跃、穿梭，闪着鳞光……风愈来愈大，大得能把人吹翻。我感到脚下那些尖尖的山石，有如波浪。天晕地眩，旋转的黑岩随时就要滚动。只有站在山顶之上，才能望得见远方起伏的山峦、田野大地和遍布的明亮湖泊。

中国古代风水学认为：大地遍行自然灵气。高处和低处，都尽显不同的风水。大地的起伏揭示了阴阳两极。阳为苍龙，阴为白虎。山挺且拔，喻阳；水曲而柔，喻阴。彼此互动，相依成形。山融水于其中，形成了湖泊、溪涧或瀑布，最后流入了大海；水流之处，侵蚀山体，雕刻纹理。一片喀斯特地貌特征，会在山与水的平衡中形成。此种平衡让大地风调雨顺，万物旺盛生长。这是自然的法则，也是生命平衡的规律。任何人为的破坏，都将是对自然之神的杀戮。古罗马人则认为，山水风景，皆为生命内在精神之外部显现，是上帝为“天地原初”塑形的结果。它同样存在天地之理和自然气象之规律。违之便会遭受惩罚。自然本性如同人性，合乎天地之变才是根本。我手抚烤蓝色巨岩，听猎猎大风从石头上划过。

神灵不会让我悟想得太多。

自然神灵需要安静，尽管思考无声，也会打扰了神的静息。那些和我一样的俗世之人来到这里，只会惊扰了神的清净，不能给山川带来任何有帮助的恩德及惠施。这是人的“原罪”决定的。时至今天，人类身心的尘垢愈积愈多，罪愆也愈来愈重，因此人类也无法永恒。这山顶之上的清净之地，不能待久。神已发怒，令大风之神，来驱赶我们，推着揉着搡着。赶紧下山，不能停留。莫弄脏了这清净的神灵之地。

身上沾有湿润的风。下山，攀走旋转的石梯径。我和我的梦幻，从高处又回到了低处。

进寨。村路边又见许多小摊子，连村子靠马路的人家，也在大门外摆了一张桌子和一些小食品。有的面前仅有一炉一锅一桶油，炸土豆条或小鱼小虾小饼等。边走边拍，将生活小景摄入镜头。一些小摊子没有客人吃就摆着。有两三个女人坐在墙根下说话，也不急于招揽客人。村人趁节日挣点儿小钱，闲也是闲。无论老人、年轻人还是中年妇女，都有一个或大或小的摊子。路过一个拐角，看见几个妇女绣织一种很宽的撒尼妇女系于腰间的花腰带。问价钱，一个妇女说，这花腰带最少要300元，卖的是功夫。那个妇女身边有个七岁大的小女孩，穿着崭新的撒尼服装：黑裤绣花，白袄绣花，很漂亮。村东头小学校那边场地，已经有人支起了凉篷，摆起了摊子。仙人洞湖畔的小瓦屋，也有人正忙着挂灯笼。

小学校园的树上挂了不少鸟笼。我奇怪，村子居然有玩鸟者？细听教室有说话声。踏上台阶往教室里看，有几个人在打扑克。老师？村民？但见其中有两个中年干部模样的人。莫非是哪里的人来这里消遣？出校园再到山垭口，拍摄农人原生态影像。我很喜欢一种朴素的、不是巴尔加斯·略萨所说的那种“做戏”的生活场景。现在，这样的生活场景，这样的生活体验，就在一个边缘的乡村里，成为自然生态之一部分。有如梦境里出现的一切：从前的记忆才是我的本态生活。那些本态的生活，却已经过去了。对我这个爱做梦的人来说，真是悲凉。这种悲凉是对往昔的怀念。退回20年前，这里就是古之桃源。没有商业躁动，没有资本惊梦，一切都是原汁原味儿：播种耕地，采莲采藕，纺线织布，剥籽榨油，粗谷酿酒，喂养家畜，放养山蚕，织网打鱼，制造农具，砍柴采药，荷锄东篱……春夏秋冬，五谷丰登，人们过着一种原生态的生活。如果有需要，人们就踏着小土路，穿山过林，到县城逛逛。即便有交易，也只是以一筐小鱼小虾或一罐米酒，换取丰足的盐茶药品。然后踏着融融月色、盈盈湖光转返。撒尼人不在意缺水缺雨，不用未雨绸缪，这里从来就不曾干旱过。即便有什么自然灾难，他们的神态也无明显的忧虑。人们平静地延续耕织捕捞的生活。勤勉劳动，自足自在，回归生活常态。

20年前，这里绝对是一个风调雨顺、纯天然无污染的洁净之地。

从前这里不使用农药和化肥，食物安全。现在这里已经开始使用农药了。我在山后的田野里转悠时，发现一些农药的塑料袋子，胡乱丢在那里。我仔细分辨那农药的名字，无法看懂，总之是对大地有伤害的农药。连鸟儿都会惧怕——这是一个不好的前兆或者说开端。而在从前，人们崇尚劳动，以勤劳为荣。只要坚持劳动，筋骨就会强健；只要吃自己种植的菜粮，就不会有大病大灾。或者说，山里农家，根本没有城市出现的各种各样病疾。草木怎样旺盛，人就怎样兴旺。一切来自天然，一切依靠天然，一切归于天然。还有就是，在撒尼人的精神历史记载里，撒尼人的血液中包含着远古部落的强悍因素，他们本身是从山地中来的民族，肌腱发达，擅长野外奔跑或捕捉猎物或耕播土地。因此在古代，他们是一个以勤劳双手建设部落的族群。他们不怕艰险，勇于征战，有着坚毅的品格，同时也创造了辉煌的历史和灿烂的文化，如绘画、音乐、戏剧，以及神话传说和史诗。

东山下有个用圆木搭成的大台子，外挂标语，是摔跤比赛。架子上绑了许多松枝和红绸子。台子上方是山坡，土路高踞坡上。有年轻人骑摩托飞驰而过。两男一女三人骑乘：

骑手居中，一女在前，一男在后，很时髦的骑法。摩托车在凸凹不平的土路一蹦老高一窜而过，他们掀起了一阵尘土一阵尖叫一阵大笑一阵欢腾。这些年轻人啊，真会找刺激。

太阳跌进了西山密林、湖水和丛生的草木后徐徐落下，四方山川田野又笼罩在巨大的朦胧里。气温下降了，轻飘飘的雾，好似灰松鼠的尾巴，蓬松着、抖动着，从草泽间缓缓升起。放眼远山，依然能看清几只洁白的大鸟劈空而行。轻雾细小的水粒儿，敲打着竹叶的声响，细密、绵长、柔和。湖边的几只硕壮麻鸭和珍珠鸡开始列队回家。远远地，从瓦檐下的土路传来老牛悠然的铃铛。还有农人下湖把渔网撒在最深的水域，然后摆船离开。这样的景状，将我的心魔或宿敌击退，重燃悲悯。事实上，我们每人身上都有一种与生俱来的动物性，这个动物性现在叫人性。而人性又分为美善的与邪恶的。抑恶扬善，才是心灵所向。葆有文化品性，就是葆有我们自由的心灵。这是来自人性的本能。

站在山村清澈的天地间，感受太阳和星月的照耀，身上美善的人性，如同草木将馨香散发出来，成为与自然相交融的神性。大自然本身就是神性踏游的疆域，不张扬，不玄虚，不违背承诺。人就是要有这样草木的生命本态。这些美善的神性元素，会在各自的位置上闪烁光芒，为大地和苍生，带来福祉。

夜晚来临。眺望逐渐归于阒寂的大地，内心充满眷恋和愿望。真希望如此淳朴美好的村子，不要被黑烟遮盖，不要被推土机和坚硬的钻头破坏，不要被有毒的化肥和农药污染……这个被古撒尼人誉为“甜蜜的地方”之“楠密”山村，不能再开发了，到此为止吧。就如同这里许多山峦没有名字。它们不要名字，天地就是它们的名字。谁看到了，谁的想象就是它们的名字，谁的心灵就是它们的名字。这上帝之手打造的边远之神灵，温存敦厚，慈悯善良，不可多得。如同当年美丽的阿诗玛，她的名字人人皆知，但她的诞生地——这个仅有七十余户人家的小村子并不为人所知；如同现在的阿蜜诺，只是一个普通的女孩，虽然岁月让她的外貌有了改变，但她的内心，依然简单、明亮、纯洁。当身心受伤的人来到这里，发现朴素的村庄和厚道的人，一定会从浓浓的乡风乡情中获得救治心灵的良药；当梦想破碎了的人来到这里，发现山川草木、花鸟鱼虫也有其高贵的品格和价值方向，一定会从静美的湖色山光里，得到灵魂的安顿和精神的释放。这里没有戴着面具的人生，没有加冕、废黜和最后的失败。也没有狡诈的官场、失势的嘲笑和利益的你来我往。这里只有自然之伟大的露天全景剧场，让我随时随地聆听到天籁之音。还有，我多次到楠密，但在人生的旅程中，只是一瞬间的记忆，却让我回味永远。我由此美境追怀继莲花生大士的第二

背菜的女人与调皮的小狗

佛陀龙钦巴尊者曾经说的“我宁可长眠于此，也不愿在别处重生”之梦想。身在楠密山村——美丽而富饶的阿诗玛的鱼米之乡，我终于明白了这句话所含蕴的神性力量。

村子里的年轻人都外出打工了，留守的老人多了起来。但无论他们走多远，身上都有打烙的“胎记”存在。如我早年一样。但是，在城里的漂移者，“辨认自己”十分重要。中国大都市人的群体、阶层，多是从乡村“漂移”过来的。既便他或她生于城市，但其父辈、父辈之前辈等，也是从乡村进入城市的漂移者。中国社会本身就是一个不断漂移的农业大社会，而这种漂移在某种程度上，使得传统的价值体系紊乱，失掉了文化根脉。这对于漂移者来说，确乎是南橘北枳。我常常看到，岁月的变迁、环境的变化，把一些认为是落后了的传统文化全部给“异化”掉了，特别是一些悠久的民俗文化，当遇到城市文化时，便显得手足无措。这种“水土”不服严重偏离了传统的价值观。

阿蜜诺的父母去大女儿家吃酒了，阿蜜诺和儿子嘿嘿也去了。他们一时半会儿回不来。小院静静。晚餐是阿弟做的，很丰盛的几个家常菜：清蒸火腿，炒菜心，煮萝卜，鸡蛋炒西红柿，酸辣萝卜条，清水煮鲤鱼。却没有饺子。这里的百姓不会包饺子，也不习惯吃饺子。火盆里炭火旺盛，旁边放着一小堆儿劈好了的木柴。我拿起两根添加火上，火盆下立即发出哔哔剥剥的爆燃声。阿弟给我们倒了两杯酸梅酒，让我们慢慢吃、慢慢喝。我们边吃边聊白天的事，也聊现在城里的亲人一定在包饺子吃饺子、“抢锅”放鞭炮。街道之上，来来往往的车辆更加拥堵。

我们在远离城市的小山村子度过除夕和春节，孤独着、快乐着、思念着、伤感着。

吃饭时，我跟阿弟说，吃完饭结账，准备明天离开。

大妞要去腾冲。她说这里过年也就这个样子了。我说现在还看不到什么。她说已经有了体会。这让我很无奈。我试图说服她再住几天，这个村子毕竟来客稀少，是一个并不为多少人知晓的“楠密”山村，是阿诗玛的故乡啊，也难得我对这个村子有深厚的感情。我说“你离开后可千万别后悔啊”。大妞还是执意要走，她不想在一个地方待时间太长。她假期很短，珍惜行程，否则大理、腾冲和保山等地住的时间就会缩短。她还要在腾冲选购黄龙玉和缅甸翡翠等小饰件呢。我说这个节前节后的，肯定人满为患。后来的事实证明果真这样。阿弟一再挽留我们多住几天，“黄老哥呀，不能再住一天感受撒尼人过春节风俗？都是难得一见的民族风俗。村里所有家庭都要摆宴吃酒，通宵达旦，唱酒歌，跳月亮，多好呀。”撒尼人真正过年是在正月初二，也就是明天正式开始。这种急三火四的立即就走，连我自己都感到遗憾：这一次的楠密之行，看来已经结束了。

阿弟在我们吃饭时，到饭桌边坐下来和我们聊天。给我“补救”地讲述了许多珍贵的、难得一见的撒尼人过春节的景象——

初二的“祭祖”，是撒尼人一年最为神圣的一天。一大早，各家各户厨房棚子里，火塘闪亮，铁锅里煮着猪肉。这是给祖先准备的。在撒尼人看来，越早起，越是对祖宗的尊敬；越早起，做好了饭敬献祖先，越是孝顺的后代，就会有好日子。因此有的家凌晨4点不到就起来了，有的甚至一夜不睡，清洁祭台、擦拭祭器、更换祭果和酒，焚香燃烛。祭祖开始时，先在家门口插上刚折来的松枝，所有的农具都插着一个小松枝，再点燃一支高香。香气缭绕中，给祖先做第一顿早饭：寿桃馒头，撒尼八大碗、酒和五谷等。“家祭”完了，再去“野祭”。各家争先恐后抬着食品，燃放鞭炮，拥到神洞那边祭祀山神。这里的山神，最讨厌懒惰的人家。因此，祭山神谁也不想落后。寨人都来山下载歌载舞，祈求风调雨顺，让老天给老百姓好气候，让神灵给大地好收成。其实，撒尼人每时每刻都在敬祖。敬自然就是敬祖。他们视一切为祖宗的赐予，比如农具、田园、牲畜等。人们知道珍惜，从不轻易毁坏它们。家庭“祖先崇拜”和自然“神灵”敬拜，在彝族撒尼人的原始宗教中具有举足轻重的作用。祖宗神灵强，则子孙旺；祖宗神灵弱，则子孙衰。我想起《阿诗玛》中有这样一个镜头：阿黑用弓箭射中热布巴拉家的祖先灵位，热布巴拉家保不了祖先灵位，丢了颜面，只好在阿黑面前认输。这个情节，就是突出反映撒尼人看重“祖先崇拜”的例子。

撒尼人平时也做祭祀。就像刚才所说的，撒尼人对祖先神灵的祭祀，分为“家祭”和“野祭”两部分。近三代祖先的神灵牌位，要置于家中堂屋正面的墙壁，每天都要供奉。三代以上的祖先牌位，要移送到野外的家族祖灵洞中，每年只祭祀一次。祖灵洞都选择安放在高峻、干燥、风雨不能浸入的石崖洞穴里。在撒尼人心中，高耸的石崖，是祖先神灵的象征，高高在上，与天地同辉。高处意味宁静，不与人间浊气相混，是祖先纯洁灵魂的安息之所。因此，在撒尼人的居住地，特别是山地，若是碰到高耸的石崖，外人不能随意冒犯，会遭到族人的攻击。即便在路上，看见一只受伤了的动物，也不能随便猎获，那一定是山林里的神灵出现。现在不同以前，人们可以随意地进入山林，但适可而止，否则也会受到族人的严厉谴责。

《阿诗玛》长诗中这样叙述：人们眼看着阿诗玛慢慢地升在空中，最后“沾”在了崖壁上下不来，殒命山岩。这段情境，虽说有着悲剧色彩，也从另一个角度，寓意阿诗玛的故事，将变成一个民族“永恒的回声”。阿诗玛的灵魂与高山同在，代代流传。这些都与“石崖崇拜”有着必然的联系。石崖崇拜，即是神灵崇拜。阿诗玛是彝族的神灵。在他们看来，这个大年初二是一年的初始日。人与神，都要从这一天开始过崭新的日子。因此，在这一天，要进行重要的“家祭”和“野祭”活动，来不得半点儿马虎，一定要细心，以表虔诚。

我想起前几天在村子里游荡转悠时，发现了许多有趣的现象。村子里每家每户，都将小院子堆得满满的。撒尼人为了这一天的到来，早有准备。墙头堆满了刚折来的松枝，把擦得锃亮的铜器置放在松枝上，就连门栓也要插一支松枝。至于那些插在犁锄等农具上的、拴着红布条的松枝，看上去也并不觉得有什么不妥。即便是家畜——比如水牛、猪圈、鸡鸭的窝栏等居住的窝巢和食钵，也打扫、洗涮得整洁，重新填垫上干净的泥土和稻草，窝巢内外，充盈清新的草木味道。这种对待家畜的认真态度，也说明了撒尼人对一切都是敬重的、和解的。他们认为所有物件，皆来自祖先和神灵的赐予，不能慢待或惰怠。

阿弟问我是否体验过火把节。我说第一次来村子时体验了一次。火把节是撒尼人喜爱的一种活动。人们围着火堆，举着火把，来到广场，把手里的火把扔在场地中央的火堆，在三弦乐曲声中，跳起了“阿啧啧”。彝族火把节通常是在晚上，往往是节日庆祝的高潮，很热闹。仙人洞山村的火把节，要在西边的山根下的毕魔广场举行。关于火把节有两种传说：第一种传说是“灭蝗虫”说，地上的大力士阿提拉八用智慧吓跑了天上的大力士并战胜他后，天魔派蝗虫来吃庄稼，眼看着庄稼被蝗虫吃尽了，聪明智慧的阿提拉八叫人们点起火把，到田野里奔跑，一边跑一边喊，将蝗虫烧干净，保住了自己的粮食不被蝗灾吞噬。第二种传说是为纪念彝族人与外族战争的事迹，在人们无法攻城时，聪明的彝族英雄阿真叫人们在羊角上捆绑火把，然后驱赶羊群向敌人阵地冲锋。羊群头上的火势愈烧愈旺，疼痛中的羊很是威武，“火羊阵”冲进城堡，见人就用犄角来顶，敌兵被这突如其来的战法吓得晕头转向。最后，阿真带领的部落取得胜利……这些传说，原汁原味儿，也与撒尼人对神性的“土地崇拜”有关。

这真的难能可贵。特别是小山村的老人依然拒绝现代化的入侵，因此我还能依稀看到一种“根性”的存在。

我觉得阿弟知道的，比我了解的还多。这种故乡记忆弥足珍贵。他让我刮目相看了。他是一个爱读书的青年，在家里文化水平最高。他说他必须了解本民族的历史。我说我喜欢撒尼民间文化，就如同喜欢美丽神秘的阿诗玛一样。它就像月亮，在我心灵的水面闪映银光。撒尼人民间朴素的生活本态，与我在都市感受的目不暇接的舶来文化，总是有巨大的冲突。反过来说，中国传统乡村的农民们，还不能适应城市文化（抑或说先进文化）。他们只认同朴素的传统，这在我看来是非常好的事情。一个民族，应该葆有其文化生态的独立性和自然生态的本然性，要有自主意识，绝不能被当下一些污七八糟的东西破坏了原有的本态传承，否则就会让自然之极乐家园的梦想丧失殆尽，最终化为尘烟，失去归宿感和生存权。

我告诉这位撒尼小兄弟：我喜欢这个山村，就是因为它还像个山村的样子！

而大地的原始性如何，则一定是反映出人类的文明程度如何。撒尼人的生活方式，不要试图被外界影响或者改变。保护好田野不被糟蹋、湖水不被污染、树林不被砍伐，就是保住了撒尼人生存的粮仓。

我想在仙人洞村再住一两天。但还是尊重了大妞的行程。这是时间表的安排。

安排，这个词儿本身就是带有着极其可怜、紧张的城市人的时间观念，每一种行为都是以时间为规定标准。村子里的人，却是在自然的生趣里自由自在地活着，不急不徐，从事本态生活。这种生活，急迫的人生无法体验。村子里的人，像自由的野草，自由地来，自由地去。时间在这里并不是卑

世俗的芜杂，被水光洗空

微的，而是高贵得被人忘记了。时间让一些事物呈现价值。我在这里，总能读到时间轮回的痕迹，宛如古代遗民，或者中世纪的停滞。就连寨人劳动的身影，也是无法替代的高贵，以及不受拘束随时吃饭、饮酒唱歌、睡觉休闲、上山下湖……一切都进入地老天荒的永恒。阳光盛大的慈悯，让心灵的窖藏更为丰厚。楠密山村之绝美，在这个时代已属罕见。那些转瞬即逝的物欲之累，已然化作了时光的风声。撒尼人正是以这种“忘却时光”的生活方式来逍遥人生。此等境界，应是我们需要的本态生活。多年来，我被城市循规蹈矩的生活左右，成了木偶人。我向村人说出“安排”，定然被人当作笑料，或者让人觉得我这个外地人过着怎样“都市囚徒”的生活啊！想到这些，觉得自己真是可怜。

下楼结账。阿弟向我报了具体的收费标准：即每人每天连吃带住按50元来算，我12天，大妞7天，共计19天，950元，他说收900元就行了。这样低得不能再低的价格，城里是无法感受得到的。我表达了感谢。上楼，向大妞说了阿蜜诺家收得并不多。大妞说，那就按原来的想法，给阿蜜诺和阿弟的孩子各100元的“压岁钱”。尽管我并不知道撒尼人到底是否有给小孩子“压岁钱”的习俗，但还是要这样做。

我这样认为：一是不能小气，要感谢阿蜜诺家人这些天来无微不至的招待；二是不能让人家觉得接待熟人就亏收了，人家也是做生意。如此我的内心也会好受些。大妞拿出从八道哨买的小红包，我往里面各装了一张新票100元。准备好这一切后，下楼把这两个小红包给了阿弟。他有些不好意思，只是憨笑。说他三姐阿蜜诺一定会责怪他，这钱不能要。我说这也是我们那边的习俗啊，你也要尊重我们的习俗才是。阿蜜诺的妈妈回来了，刚巧看见我给阿弟红包，说这怎么行啊，你们还有好多地方要去啊，在路上需要钱的。

我说这不也是过年了吗，也正好赶上你们家里有大喜事。给孩子的压岁钱，是我们的一点点心意，作为答谢这些天来的盛情款待，理应如此。

后记

『村寨』能保持多久

整理“楠密”山村图片时，最大缺憾是没有老旧的图片。这是因为先前这个地方没有公路，无人进入。但像我这样多次、长期地驻在村子里的，几乎没有。无论是田野山川旖旎的风光，还是老房子、农事稼穑、穿着手工缝制的粗布衣服的老人等，都给我以质朴之美。我的镜头和文字，定格了一些时光。读山水之图，写亲历文章，让我感受到了美善与仁慈。但也惊惧：我的写作，是否“造孽”于生态？这些文字图片一旦公布，会不会如隐藏的“秘密花园”被突然打开，面临的，将是资本的趋之若鹜，使这一块宁静之地受到掳掠？海德格尔“敞开”本质上说是自由的。我因此不安、惶惑。还有，这个或这些个“楠密”山村，若干年之后再去，年迈的老人会相继减少，我还能否再拍到有鲜明民族特色之影像、再写下有价值的记录？那时，古朴的民俗将消失，传统的文化将不再，古老的价值观将改变……想到这些，悲从中来。而我的几次奇妙经历，完全是在自由状态下感受到的，它又不得不让我讲述出来，它又恐被觊觎、糟蹋，我内心矛盾。

我的故乡就是实证。30年过去了，脑子里的记忆，无论清晰，还是模糊，都是怀念。少年时，我不太注重父辈的传统。那些神性的、玄性的传说，在今天看来，简直妙不可言，但远比自己的经历神秘。祖辈代代是敬天敬地敬神灵的；我们这一代或下一代是不敬天不敬地不敬神灵的。随着年龄的增大，我也或多或少开始接受传统的山乡人文、历史传承和神的开示。虽说仅有，却是精神的圣泉、灵魂的良药。一些乡村俗事，“城里”无法得以印证，唯有到边远之地才能找到。比如自然物态、生命本相、神性山水、传说野史、人与自然的事件。可是现今，谁能真正回到乡村？身体虽归，心灵却无法融入。我们多年来传承的所谓的现代文明，并没有体现传统本态，而是随世界潮流而变，忽视或摒弃了一些看似无用、实则珍贵的农耕文化遗产。诸多“劝诫”的民俗文化，都被时代“潮文化”给消融掉了。此类改变，让我想起约翰·罗斯金《威尼斯之死》：人们进入这座城，突然感受到了种种邪恶的存在，但又无法抵御它那不可抗拒的魅力。

“村寨”能保持多久？

我寻找被“天下之城”灭绝的“天下之村”——那些悠远时光里神性土壤诞生的神性故事、那些金色的红色的橙色的绿色的大地，有如童话圣境，闪映内心。这些地方，就在少为人知的深山静静等我。就想：天下之大，能有一块小小土壤，接纳我的梦想归巢，足矣。那么，我行走的路途、攀走的山水、亲历的故事，也一定非凡。

这种亲历民间之行走，远比坐拥书房阅读资料文本丰赡得多。云南是少数民族聚集的山地大省，复杂的地理环境，决定其民族传统的存活相对久远一些，农耕文化也相对神秘一些。我所选择的“到边远山村，探边缘人生”，也一定是有意义的。在村子里，我看见农人仍以古老的农具、传统的手段从事稼穑，就似看见了从前父辈们的生活，也发现了自己的“身份胎记”，是对人生初世的辨认。在如此美境的自然之乡村的山水间漂泊，我求之不得，并永远乐意去做那个最卑微的仆人。